KB113197

파도의 새로운 양상

파도의 새로운 양상

김미령 시집

민음의 시 231

민음사

침대와 칫솔과 거울만 있는 방에서의
잔혹한 등 긁기처럼.

2017년 2월
김미령

차 례

3부

1부

캉캉

두꺼운 장막 열 겹의 주름 밖에 내가 서 있다

파도치는 거리 언젠가 이 바깥을 모두 걸을 때 너를 다시 시작할 수 있다

도는 것을 멈출 수 없고
멈추는 방법을 우리는 모르고

너의 음흉이 나의 어리석음을 칭칭 감으며 비대해진 솜사탕처럼

치마를 벗기면 너는 얼마나 줄어들까 주름을 쫙 펴면 얼마나 넓어질까 도열한 풀들이 빽빽하게 막아선 것 잠깐 나왔다 들어가며 숨바꼭질하는 것 누르면 까르르 웃기만 하는 아이가 들어 있고 뉘여 말리면 비쩍 마른 엉덩이들이 뿔뿔이 달아난다

무릎 위로 일렁이는 흰 건반들

밤새 입안에 쇠붙이가 많이 쌓이고 새를 날린 아침 나무처럼 너는 헐렁해져서

섬유

기지개를 켜면 너는 사선으로 길어진다 양방향으로 점점 늘어난다 무한히 늘어나 네가 모르는 어느 기슭에 닿으려는 듯이

갑자기 너는 가운데로 모여 촘촘해져 있다 교미 중인 개를 보고 돌아온 날처럼

왜 네가 나보다 더 놀란 표정을?
개의 눈빛은 그렇게 말하는 것 같았다

돌아와 보니 네 옆에 또 네가 있고 또 네가 있고

오늘은 어느 귀퉁이로 쏠려 있었는지
묻지 않는 날들

건너가는 목소리

여기 앉아도 되겠습니까? 소프라노로 물었습니다
내 목소리에 깜짝 놀라 당신은 스푼을 떨어뜨립니다 노래하듯이 인사했을 뿐인데

누구의 호기심에도 들르지 않고 그 말은 곧장 날아갑니다

죄송합니다 가성으로 사과합니다 가성으로 웃다가 가성으로 멈춥니다

그건 첫 번째 내 목소리에 화답하는 메아리 같은 것입니다 목소리에게 가족을 찾아 주는 일입니다 들뜬 기분으로 실례하거나
춤추듯이
애도하는 것

뾰죽한 발끝으로 테라스 위를 걷듯이 밥을 먹고 화장실을 다녀옵니다
목소리는 인사를 잘합니다
공손한 공기처럼

성대 안에 붉은 입술을 가진 아이처럼

입 밖으로 도르르 풀려나가는 리본이 있습니다 입속에
품고 있던 작은 새들을 풀어놓은 것 같습니다

그것으로 한동안 끝입니다 저 사람이 나에게 한 말인가
하고 당신이 생각할 때
그것은 이미 거기에 없습니다

목소리가 목소리를 건네줍니다 장소가 드문드문 생겨나
다가 사라집니다 예사롭지 않은 울음소리가 들렸지만 그
것은 흔한 일입니다

귀를 잠시 겨울의 지붕 위로 데려가는 것은

양말이 듣는 것

양말을 신지 않고는 말할 수 없습니다
미끄러지기 때문입니다
위기의 감촉은 보들보들하고 털이 있고

스트라이프이거나 폴카 닷입니다
누추하지만 요긴한 침묵은 양말을 닮았습니다
신발에서 바짓단까지
얌전하고 긴 목으로 양말은 이야기를 듣습니다

바이크족이 왕왕대며 지나갔습니다 그사이
풍경이 바뀌었습니다

덕분에 고백을 그만둘 수 있었습니다

그 기억은 테이블 아래 껌처럼 붙어 있었습니다
구겨진 휴지들이 부풀어 오르고 쓰레기통이 비밀의 집
이 될 때까지 우리는 본론을 찾지 못했습니다

느낌이 새 나갈 수 없도록 양말은 제 역할을 다했습니다

예의를 갖추고
잊을 수 있었습니다

코너에서 코너까지

노력했지만 이어지지 않는 빛이 있었습니다
보일락 말락
살갖과 잇몸 사이에서

아무도 더렵혀지지 않은 채 새벽을 맞았습니다

그곳으로부터

케이크 앞에서 느닷없이 화를 낸다면
예측했던 그날이 오고

순간의 가능성을 위해 우리의 테이블이 열린다

그것은 수직으로 솟구치다 이내 조용해지고 각자의 정
맥으로 스며든다

얼음 잔에서 물방울이 미끄러지고
인과를 찾을 수 없는 열매들이 곳곳에 떨어져 있고 그
들은 이미 반쯤 썩고 있었다

강아지를 만지는 아이와 양지바른 벤치의 노인들과 큰 스
피커 아래 다 같이 공중의 멱살을 밀고 당기는 생활체육회
참가자들

옆모습도 남기지 않고 나는 모든 것을 지난다

점점 두터워진다 그곳으로부터

분산되고
막다른 골목에서 새로운 모퉁이가 무한히 생겨난다

좀 더 흔한 에피소드가 필요해 쉽게 피로해지고 익숙한
곳에서 길을 잃고

액세서리 위치에 좀 더 집착해도 좋지 않을까
물을 끓이며
스푼을 젓는 뒷모습이 약간 상기되어도
숨소리는 숨소리끼리 수북이 모여
창가의 양파 순처럼

회전목마가 돌고 웃음이 뒤섞이고 얼굴들이 위아래로
길게 늘어지면서……

잊는다는 것이 신비롭게 느껴지는 날이 있다는 듯이
누가 방금 모퉁이를 돌아간다

스푼 레이스

손바닥을 내민다 오른쪽 어깨 높이만큼
이 위에 무엇을 올릴 수 있나
뭔가 말랑말랑한 것
혹은 둥글둥글 굴러가는 것

최후의 쟁반처럼 균형을 유지하면서 넘어지지 않으려고
애를 써야지
그 동작은 위엄이 없어라고 말한다면 왼발을 들고 달리고
그 동작은 상투적이야라고 말한다면
오른발을 들고 달려야지 꽥꽥거릴 필요는 없다고 생각하
지만

난 이런 걸 구했어요 이것입니다 우리에게 가장 중요한
건 이 손에 다 담겨요
이렇게 의기양양 달릴 것이다 손바닥을 펴 들고 상체는
쏟아질 듯 앞으로 내밀면서

바로 이것입니다 어쩌다가 이것이에요 결국
이것이랍니다!

달리는 내 얼굴에 출렁이는 들판이 번지는 사이 단숨에
먼저 건너가 있는
우리의 문제
서로 다른 방향으로 돌아앉아 밥을 먹고 있는 네 등을
툭툭 치면서 앞을 가리키면서

달릴 것이다 웃으면서

이상하게 일그러지면서
콧물을 흘리면서
갑자기 날 보는 누군가를 의식하는 듯 슬로비디오로 테
두리의 바깥을 향해 휘어졌다가
귀환하면서

파랑을 말하려면 손바닥 위에 무엇을 올릴까

뭔가 말랑말랑한 것
혹은 둥글둥글 굴러가는 것

중첩

당신이 문을 열고 들어설 때의 손 모양에 관심이 많다
입구에 서서 대답을 꽉 움켜쥔 자의 굳어 가는 표정 같은
결심 같은
낯선 풍경이 문득 익숙해지고

씻은 물을 본다
씻은 물속에 씻을 물이 남아 있어서 씻을 얼굴이 아직
남아 있어서
끝났다지만 아직 끝나지 않았다
뉘우침이 부족하다

사용감 있는 구름과
사용감 있는 바람이 있다
누군가의 귓가를 스친 적 있는 숨결로 오늘은 창을 스
친다

오늘 그녀의 눈동자는 어제 그의 귀
어제 그의 단추
그가 한 줄기 담배 연기로 날아가던 어깨 너머의 공중

장소와 목소리가 달라도 그들의 입 모양은 겹쳐진다 겹쳐지다가 다시 어긋나는 순간부터

우리는 서로를 모른다

끝없이 앞으로 나온다 제 순서가 되면
더듬거리던 문장이 채 끝나기도 전에 다시 뒤로 가 버린다
같은 동작을 반복해도
언제나 모르는 표정이다

그녀는 아직 오지 않는다
씻은 물속에 얼굴을 두고

손으로 휘휘 젓고 있다

시위자

그럴 땐 파를 썰겠습니다
기네스북에 오를 만큼 높이

악의적으로 파를 이용하겠습니다

혁명가가 어둠 속에서 작은 실패들을 다독이듯이

칼이 아닌 칼의 소리에 심혈을 기울이겠습니다
송송송이 총총총이 될 때까지
파가 손가락이 될 때까지
배경이 주제가 되고
예상치 못한 장면에서 주제가 울려 퍼지도록

작고 푸른 고리들이 튀어 오릅니다
간격에 심취한 사람처럼
어느새 소리보다 먼저 수북해진 침묵이 있습니다

이유를 모르는 길이에 집중합니다
전후 상관없이 밀려드는 대로

파가 아니라 파도라도 좋습니다
점점 굵어지거나 가늘어지지 않도록 속도를 조절하면서

원숭이 엉덩이는 빨갛고 빨간 것은 사과입니다
연쇄적으로 다음 대답이 이어져
나동그라집니다

영문도 모르는 자해들이 그들 앞에 쌓였습니다
금세 초록의 목적이 실현되었습니다

요리사의 얼굴이 가려졌습니다
뭔가 열심히 잘랐지만
아무것도 잘리지 않았습니다

우스꽝스러운 뒷모습

말 타는 자세로 고백할 수 있습니다
문에 머리를 끼우고 달리며 끝까지 버스에서 내리지 않
겠습니다
양말만 신고 버둥거리는 식탁 위 두 사람
그것은 견디는 모습입니까 즐거운 모습입니까
언제가 당신에게 발견되기 가장 슬픈 순간입니까
더러운 입술을 쑥 내밀거나
허벅지를 부르르 떨거나
진실에 근접한 순간조차 당신은 못생겨서 우스꽝스럽군요

칭찬에 당황하지 않을 능력을 갖출 때까지
농담에 화내지 않을 저력이 생길 때까지
조금은 더 우스워야 하겠습니다

이별에 가장 효과적인 것은 독설이 아니라
조용한 식사지
서로의 끝을 들켜 버렸다면 더 이상 두려운 게 없을 텐데
결국 끙끙거리며
자신의 엉덩이를 더 잘 비추는 일만 남았다

동전은 좁은 틈으로 들어가 버렸고
더 이상 우리는 땅에 머리를 박을 의지가 없다

"이제 반창고는 손가락에만 붙이도록 하십시오"

소나기가 찬바람을 몰고 온다
음악의 한쪽 어깨가 젖는다
애매한 곳을 긁기 좋은 모서리를 찾는다

빵을 허리부터 파먹는 습관은
좀처럼 바뀌지 않는다

친밀감

소파의 재료
아침의 재료
눈물의 재료

우리의 오해가 풍부해질 때 저들은 더욱 부드럽다
부드러워서 만질 수 없는 곳에
손바닥의 열기가 닿기 전의 가루처럼
편안한 가루처럼

원료로서 우리는

맨 처음 가지고 놀던 자신의 발가락처럼 무르고 촉촉하고
관계 사이를 통통거리는 소립자로서
둥글거나 네모나거나 때론 물컹거리고 때론

손에 묻어난다

하나의 형태를 이루려는 경계에서 우리는
끝없이 망설이지

체 아래로 내려앉은 소심함

무엇부터 시도해야 하나
서로 엉겨 붙기 시작한 흉물스러움을 인내하며 손바닥
위에서 우리는 다정할 수 있을까
영감이 달콤해지려고 할 때
서로의 질감을 우리의 대화로부터 분리해 낼 수 있을까

대책 없는 조화로부터
어리석은
미뢰로부터

네 얼굴을 쌓거나 뭉친다
결이 고른 빵 위에 넓게 펴 바른다
너의 저항은 어느 때보다 희고 순수하다

힌트는 생크림 속에 점점 묻히고 있다

레깅스

색색의 다리를 감별하면 하루가 간다
하체의 감정을 승화시킨 꽃화분처럼 부푼다
가로등의 뇌수가 부푼다

레깅스를 입고 쓸쓸해질 수 있다
감출 것은 다 감추고
레깅스를 입고

세계를 돌며 자선 모금을 할 수 있다

시치미가 둘로 갈라진다
위로 올라간 시치미가 각광을 받는다
환호를 위해서는 나머지를 버릴 수 있다

레깅스를 입고 연장된다면 레깅스를 입고

근엄해진다면

남녀노소

집으로 가면 조용해진다
집게로 자신의 성욕을 들쑤시며 폐지 줍던 노인처럼
통째 후줄근한 아랫도리가 되어

바비 인형의 다리를 조각칼로 섬세하게 썰듯이
원근법을 혐오하고
흔들리지 않는 지주를
저주하고

거대한 장딴지를 감아올린 전구들

더러워진 압박붕대 위로
밀려 올라간 입들
밀려 올라간 구토들

웨이브

한쪽으로만 입꼬리가 올라가던 배우는 하나의 표정만 남기고 영원히 사라졌다

너의 머리카락 중 하나의 컬만 유일하게 웃는다

자신이 가장 혐오하는 방향으로 휘어지는 서명

남자의 붓끝은 그의 삶을 비끼기 위해 수많은 곡선을 낭비했다

잎의 운전, 잎은 떨어지며 바람을 거스르는 방향으로 몸을 비튼다

오른발 끝과 왼발 끝이 미묘하게 다른 정면을 향해 뻗어가는 거

네 눈빛이 등 뒤의 내 허리를 감아 후려치는 거

박명의 가수가 빛나는 커브를 노래에 새기듯

손목 스냅으로 창가의 약병을 흔들듯

일생 동안 네 냄새는 그 골목을 돌아 나와야 내게로 온다

어쩔 수 없이 자기에게로

턴―하는

앞니에 묻은 립스틱처럼

당신은 한순간 공중에 붙들려 있다

시작이 잘못된 웃음은 그냥 찢어 버리는 게 나아요 그렇
게 말해 주고 싶었지만

자루를 어떻게 얼마만큼 벌릴까
언제 다시 묶을까
엄마께 물어보고 싶네

정교한 웃음에는 바늘을 꽂을 수 없어요
얼음 위에서 아직 더 미끄러질 일이 남았는데
기우뚱거리며 어기적거리며
조금 더 머물러요

실패한 도입부를 분질러 땔감으로 써요
돌림노래처럼 앞니를 돌려요
옷깃에 밥풀을 묻히고 안심하며 웃어요

절정은 저기 졸고 있는 사람 위 꺼질 듯한 불빛처럼

깜빡이고

눈이 부시다면 눈을 감아요
가운데 던져 넣을 차고 단단한 동전을 준비해요

반짝이는 눈이 탁자 위에 다 내리고 나면

따뜻하게 입어요
웃음의 이후로 건너가기 전에

테트리스가 끝난 벽

백 개의 의자들이 밤마다 서로 자리를 바꾼다
날이 밝을 때까지 미친 궁리처럼

끝없이 문장의 순서를 뒤바꾸듯이
집을 나섰다가 돌아와서 신을 바꿔 신고 다시 나가듯이
종일 같은 일을 반복하는 것이 그의 종교인 듯이

어디부터 시작하지? 계속 중얼거리며

내 손끝에서 끝없이 벽돌 조각이 태어난다
백색 퍼즐처럼
모두 무의미한 형태
다 맞추면 기억이 깨끗이 지워질 것이다
머릿속에서 해머 소리가 끊이지 않는다

모든 경우의 수를 동원하더라도 정답은 아니지
당신에게 나를 두들겨 넣을 수도 있고 금니처럼 어색하
게 반짝거릴 수도 있지만

멈추지 않는 것이 유일한 나의 문법이다
멈추는 순간 나는
파묻혀 죽을 것이다

문득 돌아보면 돌가루 덮인 나의 등 뒤로
흰 얼굴들이 지나간다

방금 틈을 다 메운 완벽한 벽 한 채처럼

부조리극

목장갑 낀 사람이 다가온다
나는 엉덩이로 두어 걸음 옆으로 비킨다
눈알로 양치기하듯 활자를 구석으로 몬다
활자들은 떨어 본 적 있는 듯 잘도 떤다

양들을 묶어 어디론가 가려는 목장갑
나는 비굴해진다
내 목을 조이려는 목장갑
양은 몰염치해진다

자수의 꼬임과 손끝의 오므림은 교훈적인 데가 있다
목장갑은 선량한 개척 교회 목사 같은 데가 있다

나는 목장갑에게 협조하거나 최소한 얌전한 관객이 될
수 있다
목장갑을 머리에 꽂고 꼬꼬댁거리는 나
목장갑 꽃이 되어 양들 주위에서 활짝 웃는 나

목장갑을 끼고 누군가를 손가락질할 수도 있겠지

주도적으로 가담한다면 오늘 하루는
보람될 것이다

서 있는 사람과 걸어 나가는 사람
어떤 감동도 강간의 혐의도 보이지 않는다
나는 조금도 계몽되지 못한다
양의 목이라도 비틀고 싶지만

어떤 창녀도 어떤 성자도 데려오지 못한다
내 손조차 데려오지 못한다
급히 몰아넣은 활자들이 책갈피 사이에 짓이겨진다

머리 위로 목장갑 비 쏟아진다

공이 흐르는 방향

　내 말은 이미 굴러갔고 그 공이 흐르는 방향을 우리는 함께 지켜본다 고쳐 말하지 않고 그냥 놔두면 무엇을 쓰러뜨리는지 너의 상상이 툭툭 불거진다 내 몸 여기저기 돋아난 이상한 뿔들

　뿔들이 말한다 뿔들이 풀밭에서

　뿔들이 장소를 옮기면서
　스스로를 장식한다

　나는 아니라고 해도 그가 나는 아니라고 한다 나는 아닌 것이 아니라고 해도 아닌 것이 아닌 것이 아니라고 한다 이쯤 되면 아닌 것이 아니지 않느냐고 묻지 않아야 나는 아닌 것을 지킬 수 있다 이제 아닌 것이 아니리 아니리 말하지 않는다

　나는 나를 위증한다

　진창에 빠진 공은 진창의 것

구하지 않는 눈빛은 눈빛의 것

미치지 않는 장소에 손이 있다
손이
얼고 있다

미처 미치지 않은 명랑한 발들이 공을 가지고 논다
상상하지 못한 곳에서
당도하지 못한 의지를 차며 논다

어느 날
아닌 것과 아닌 것들이

모여 논다

범위

그 여자는 손가락으로 립스틱을 찍어 바릅니다
입술에 우산을 펴든 텐트를 치든
그건 그녀의 날씨에 따라 매일 다릅니다

마음이 잔잔한 날엔 철 지난 옷을 개어 넣듯
입술을 조그맣게 갭니다

오늘은 그녀의 입술이 이불 빨래처럼 나부낍니다
입술이 달려갑니다
거친 암벽에 대고 문지르고 싶은 듯이
가시를 꽂아
머리 긴 선인장처럼 거리를 쏘다니고 싶은 듯이

얼룩진 바닥이 있습니다
바닥에 엎드려 미친 듯이 포옹하다가
일어서서 침을 한번 퉤 뱉어 주고

태연히 떠나갑니다

지워진 벽의 귀퉁이들이
기찻길 옆이나 놀이터 한 구석에서
힘겹게 색소를 모으고 있습니다

그녀는 그립니다
입술은 매일 있습니다

작고 뾰루퉁한 화폭을 달래 산책길에 데려갑니다

벽의 저쪽

진주조개처럼 연필심을 혓바닥에 올려놓고
침이 고이도록
달려가겠습니다

손바닥 위에 커튼을 내리고
비운의 마리오네트를 처형하겠습니다

냉각점이 다다를 수 없는 곳에 열두 마리의 입김을 풀어
놓고 얼어붙은 갈기를 날리겠습니다

도달하였습니까?
네 눈물에?

충돌하려면 아직 멀었습니까?

저쪽 벽의 너는
비닐 바스락거리는 소리로 가끔 대답하고
쿵, 잘못 부딪혔다 헤매는 듯 잠잠하고

코트라는 거대한 영혼을 교수대에 너무 오래 매달아 놓
았습니다

장롱 속에서 너무 많은 주파수를 낭비해서
배가 몹시

고픕니다

매일 작은 곤충의 눈알 크기를 재거나
본 적 없는 동식물의 기다란 학명을 외우고

무언가를 수없이 읊어서 부스러진 입술같이

근교

　우리는 같은 장소에 서 있다 동시에 불쑥 생겨난 듯이 자신이 서 있는 한 뼘의 땅을 점유하는 방법을 모르겠다는 듯이 예닐곱의 저 아이는

　한 세대쯤 건너뛴 뉘앙스를 풍기며 두 세대쯤 거슬러 올라간 어딘가에서 울고 있다 넓은 공원에서 유독 한 아이 아이의 고모나 고모의 외삼촌을 어쩌면 나는 알기라도 하는 듯이

　한 세대쯤 전에 윽박지르던 머리통이 질질 끌려가고 두 세대쯤 전에 같은 우물을 쓰며 눈 흘긴 적 있는 풀밭에 여치 하나가 튀면 셋 넷으로 나뉘어 튀어 가고 아이 하나가 '무궁화 꽃이'를 하면 여럿이 소릴 지르며 달아나는

　논둑 한가운데 교회 종이 울리고 어느새 깜깜해져 목을 늘이고 한 방향을 바라본다 풀밭에 종소리가 흩어져 내린다 그 종소리를 더러는 새가 멀리 물어 가고 더러는 영영 찾을 수 없다

　그 아이와 닮은 아이

2부

오메가들이 운집한 이상한 거리의 겨울

겨울 점퍼 모자 달린 겨울 점퍼 모자에 털 달린 겨울 점퍼 모자에 굶주린 들짐승이 달린 겨울 점퍼 털 테두리 안의 까만 얼굴 암컷 테두리를 감은 까만 얼굴 수컷 테두리를 두르고 암컷 테두리에 둘러싸인 까만 얼굴 테두리가 풍성할수록 까만 얼굴이 잘 메워지고 뿌연 하늘에 굵은 눈발이 몰아치고 얼굴은 동굴 속으로 깊숙이 들어간다 겨울을 기다렸어요 언제나처럼 커다란 동그라미를 공중에 그렸어요 선천적으로 우리는 견디는 것을 숭배했어요 동그라미들이 모여서 일제히 어디론가 향한다 더 깊은 동굴 안을 향한다 동그라미들이 겹친다 화재경보기 옆에서 키스를 한다 정류장에 한 줄로 서서 동그라미를 뻐끔뻐끔 내쉰다 우리들의 이글루 이글루를 무덤처럼 목 위에 달고 얼굴들은 거리에 서서 겨울잠을 자는 얼굴들은

기린 무늬 속으로

서로 이마를 붙이고 떼지 않겠습니다
붙인 채 산책도 하고 밥도 먹겠습니다
우리는 조금씩 다음으로 건너가고 있습니다

자칫 모양이 일그러지더라도
침착한 태도를 유지하는 것만이 우리가 할 일
유일한 자세가
유일한 목표이므로

유익하거나 끝이 있는 것에 대해 알지 못하므로
비슷한 말들을 계속 중얼거리며

어디까지 갈 수 있을까요
방을 옮기는 자세 혹은 방을 낳는 자세로
북쪽의 방을 북동쪽으로 혹은 북북동쪽으로

서로 엉겨서 끝없이 불편할 수 있다면
끊임없이 전전긍긍할 수 있다면 좋겠습니다
서서 자는 밤

서서 사랑하는 방
울타리 안에서

가시가 무성한 식물을 심을 수도 있겠습니다
돌멩이를 가운데 꽂아 두고 정성껏 돌볼 수도 있겠습니다
양파 세포 가운데의 점처럼 무한한 가능성으로 조용히
어둠을 당기고 있을 겁니다

공터들이 퐁당퐁당 뛰며 놀고 있습니다
이쪽에서 저쪽으로
관계가 관계에게 비슷한 동작을 가르쳐 주고 있습니다

긴 팔이 서로의 야윈 등으로 물을 옮기는 저녁
우리의 가련한 시도는 미약하게나마 건기의 마른 입술
들을 적십니다

이 그릇에서 저 그릇으로
작은 빛이 튀어 오르다 조용히 까무러집니다

무대

다음 순서가 생각나지 않는 연주자를 사랑해
미간에 스치는 바람
객석에서 그치지 않는 기침이 터져 나온다

큰길에서 애인을 패고 돌아가 일생처럼 긴 낮잠을 자고
싶다

이월의 들판을 바라보는 사람이 되어

나뭇가지에 손목을 높이 내걸고
바람이 백 개의 손가락을 연주하는
붉은 저녁을
듣는다

녹슨 포클레인이 있다
고목이 빈 대지 위에 하얗게 불타고 있다
곁에 있는 싱크홀 안으로
비가 떨어져 내린다

신발 한 짝을 던져
한없이 떨어져 내리는 발목의 메아리를 내려다보는
절벽 끝

연주는 끝났다
공중의 계단으로 아득히 걸어 올라가는 발소리
무대 뒤에서 조금씩 기화되고 있는 뒷모습
드문드문 커튼콜이 들려오고

무대 아래 꽃다발이 떨어져 있다

회전체

사과를 돌려 깎아요
다 깎을 때까지 얼굴이 보이지 않아요
흰 벽을 따라 다 돌 때까지
흩어진 이목구비가 제자리를 찾을 때까지

나는 전방으로 달리고 있나요
뒷걸음질 치고 있나요

나와 같은 속도로 내 주위를 도는 행성처럼
계속 나를 비추고 있던 건
누구의 스포트라이트입니까

흥미로운 벽이군요
반응이 없으므로 마음껏 툭툭 쳐 볼 수 있는
모든 가능성을 숨기고 같이 걸을 수 있는
알몸을 샅샅이 뒤져도 아무것도 발견되지 않는 소녀의
흰 살결처럼

그녀의 수동성은 무서운 가학입니다

끝까지 같은 표정을 유지한다는 것은
등 뒤에 아무것도 감추지 않아서 두려운 거울처럼

누가 이 회전을 멈출 수 있겠습니까

생애 처음 바다를 보는 물고기처럼
머뭇거리며

투명 테이프의 끝단부를 손가락으로 더듬어 찾듯이

무용

짧은 동작들 짧아서 툭툭 건드리는
손이 닿지 않아서 우습고
웃다가 마구 할퀴는 동작들

침대와 칫솔과 거울만 있는 방에서의 잔혹한 등 긁기처럼

불편한 자세가 가장 정확해요
벽에 머릴 부딪히며 버팅기는 후배위처럼
무엇에게 맹목적일까요
털 뭉친 개의 뒷다리를 하고 그릇에 코 박을까요

가지런하다는 것
불룩하다는 것
한 개가 아니라 두 개라는 것

종종종 발들이 저 멀리로 달아나요

발을 묶고 손을 묶으면 한없이 길어지는 것은 무엇입니까
문손잡이가 축축해지고 느린 발소리 저 밖에 들리는데

당신은 왜 갑자기 넘어집니까
　바깥에 무수한 계단이 생겨나고

　계단이 둘둘 감으며 방을 밀어 올립니다
　탑 위의 작은 방에는 끝없이 놀이를 생각해야 하는 사
람이 있습니다
　벽에는 반복적으로 초조하게 긁거나 긴 수평선이 그어
지다 아래로 툭 떨어진 자국이 있고
　땀에 젖은 리듬들이 곳곳에 쌓여 있습니다
　그것은 알 수 없는 음악입니다

　멍멍 짖어도
　높은 곳에 올라가 슬랩스틱을 해도
　충분하지 않아요

　웃어야 한다면 얼굴에 경련이 일 때까지

　무엇을 하던 도중에 나가 버렸는지
　당신이 잊어버려도

고정된 포즈를 유지하는 가구들처럼
계속 기다릴 수 있어요

다리 하나를 들고

근접한 빗방울

직접 확인할 게 있다는 듯 내 얼굴 최대한 가까이 떠 있
던 빗방울들

그리고 모두 흘러갔다
뭔가를 알아 버린 듯 참담한 표정으로

으깨진 토마토가 길바닥에 흐르고 있었다
손가락이 더 필요했어요
그것은 그렇게 말하는 것 같았다

다시 이곳에 들러 네가 하려고 했던 말

고갤 들어
동공 속으로 빗방울을 장사 지내는 사람

밀리터리 룩

거울 앞에 선 무표정에게 인사를 한다
우리는 아침이라는 디자이너의 위대한 힘을 믿어
어떤 전위적인 의상도 필요 없이 향신료를 뒤집어쓴 야
채들처럼 어색하게 웃으면 돼

고전적인 폼으로 나는 법을 알고 있는 영악한 새 떼처럼
오늘의 드레스 코드에 맞는 뭉툭한 워킹을

가장 중요한 연출은 부자연스러운 박자에 있다는 듯이

먼지 쓴 가로수 옆에 나란히 서서

의도가 제거된 비둘기
의도가 제거된 캔 커피
의도가 제거된 하수관 공사처럼
가장 무심한 동작 하나를 생각하는 거야

자신의 쓸모를 사용하지 않는 기술과
종착지를 계속해서 미끄러지게 하는 이유와

너의 형식이 유지하려는

최소한의 수분들

한물간 할리우드 배우나
낯선 거리에 선 퇴역 군인처럼

어제의 조화로운 농담과 영원히 결별한 듯이

싸울 게 아무것도 남아 있지 않다는 듯이

손이 떠 있는 높이

주머니 없는 상의가 손을 길들인다
더듬던 손이 잠잠해진다
옆구리 어딘가에 있을 스위치를 더 이상 찾지 않는다

이쯤이라는 거
오래된 느낌으로 아는 절벽

한 다발 웃음을 안고 달려갔지
그 아래
숱한 헛발질이 쌓여 시들고 있었지

발버둥을 움켜쥐고 돌아왔을 때 둥지에 남은 몇 개의
깃털

누군가 발자국 찍힌 심장을 주워
나뭇가지에 끼워 두었다

네 목에 매달린 펜던트가 나를 비웃듯이
내가 버렸던 단어를

누군가 악착같이 붙들고 있다

작은 망치 하나 들고 세상의 무릎을 두드리고 다니는 지
질학자처럼
작은 무덤 하나 찾아 헤매고
모두 떠난 공중에 바람이 떨어뜨리고 간 허물이 나뒹굴고

저녁이면
수확한 머리를 옆구리에 끼고 문을 두드린다
촛불들끼리 식사를 한다

손은 자신을 걸어 둘 만한 높이를 찾지 않고

환기

── 헛기침과 말더듬증과 부적절한 소음들

　사과 한 알을 다 먹는 것은 지루하다
　네 이야기는 지루해질 권리가 있다
　구멍을 쏠던 쥐는 중간에 목표를 잊어버릴 가능성이 있
고 훗날 이 자국에서 우리의 관계가 다시 이어질 수 있다

　씹다가 흘린 조각을 주워 다시 씹는다 덜컹덜컹 화분을
씹고 어항을 씹는다 맥락과 관계없이 입 근처를 두 번 긁
는다 불필요한 외부 소음은 우리의 단절을 더욱 풍부하게
한다

　완주하지 못한 마라톤에는 극적 반전이 없고 새로 시작
한 연애는 비슷하게 진부해지는 경향이 있다
　씹다가 결국 물과 함께 모호한 줄기를 삼킨다
　넌 왜 이렇게 가니?*
　아무런 이유 없이 갑자기 혼자 남더라도
　네 어깨를 잡던 내 손가락을 계속 바라볼 수 있다

　가지런히 엎드린 손

　이것을 대부분의 결론으로 알고 각막 위를 비처럼 내리

는 글자들이 있다 이 순간 최대한 오래 어색함을 유지하면
초조해진 플롯이 창문 근처를 서성인다

　　시선의 초점이 모인 의자 다리가 서서히 저려 오고
　　굴러 떨어진 음식이 방부제 냄새를 풍긴다

　　공간이 넓어지고
　　경색된 쉼표들이 서서히 마침표가 되어 가고……

　　사과 한 알을 다 먹는 것은 지루하다 일요일 오후를 통
과하는 반복된 음악처럼 끝없이 늘어선 사과밭이 있다 소
화되지 않은 사과 조각이 울퉁불퉁 박힌 폐광이 있다 폐
광 같은 흉곽이 혼자 불을 밝히고 있다

　　나중에 얘기해 줄게*

　　어금니에 오래된 비명이 고여 있다

* 홍상수 감독의 영화 「우리 선희」에서

점프

너는 점프했다
너의 뉘앙스에는 출구가 없었다 모르는 것을 단호히 말
했고

잠시 우리는 어두워졌다 그 말은 발밑에 오래 잠복해 있
었다
저 레몬이 시큼해지기 위해 누구의 노력도 필요치 않았
듯이 그것은 자발적으로 솟아올랐고

등이 터졌다

저 꽃들의 유방은 너무 무겁고 이 도로는 쩍쩍 갈라진다
길 고양이의 배는 저절로 불러 온다
우리는 여기저기서 시시덕거리고
남는 시간에 가끔 뺨을 때린다

새벽에 다시 주워 입는 바지의 입구처럼 겸손해진다

다음 날 아침 햇빛 아래 너는

스웨터 보풀 같고

욕실 바닥에 웅크린 머리카락 한 올 같고

어느 날 문득 깨닫지 곧 우리 중 누군가의 불행을 통해

오래된 전언이 말해지리라는 걸

가장 준비되지 않은 순간

그는 날아오르겠지

총구 위로 띄워 올려진 클레이처럼

흉내 내기

　공이 바닥에 균일하게 머릴 찧을 때 우리의 취미는 제법 근사해 보입니다
　동작이 의태어를 따라하고
　소리가 의성어를 따라합니다
　공중에 땀 냄새를 좀 칠하고 픽픽 쓰러지는 효과음도 바른다면 기분이 실제를 능가할 것입니다

　반사해 보면 프로처럼 보입니다
　부분만 확대해 보면 예술적으로 보입니다
　유니폼을 입으세요
　어색한 몸짓과 낭패감이 번진 표정으로 당신은 성실한 세계의 일원이 될 수 있습니다

　새로 산 립스틱이 주황색을 흉내 냅니다
　찻잔이 찻잔의 예의를 흉내 냅니다
　오늘 나는 원피스 입는 흉내를 내었습니다

　꽃을 간섭하기로 하자 꽃이 한없이 커져서 코는 구석에 숨었습니다

오늘의 먼지가 어제의 먼지를 모방합니다
오늘의 건물이 어제의 건물 위로 애드벌룬을 띄웠습니다
엉킨 차들이 교통사고 씬을 완벽히 연출하였습니다

하늘이 온통 어둡습니다
파도타기하듯 흉내들이 밀려가고 있습니다

도로를 두 팔로 감독하는 비에 젖은 신호수에게 도시를
통째 맡기고 싶습니다

9를 극복하고

그것은 어김없이 시작되고 있었습니다

가지런히 썰린 도마 위 양파를 극복하고

4를 극복하고

9를 극복하고

되돌아온 고무줄을 극복합니다

머리 크기에 꼭 맞는 변기를 극복하고

'이것은 일시적인 불안일 것이다'라는 문장의 안도감을
극복하고

복선을 극복하기로 합니다

유리창을 기웃거리고 다리 사이를 기웃거리고 밥을 먹이
고 간지럼을 태우며

혐오의 주머니를 털었습니다 요강에 앉아서

알을 낳고 알이 솟아오르고 알이 깨지고 흘러내리면서

조금은 흡족해졌습니다 제발 당신을 극복할 수 있게 해
주세요 하니

너 좋을 대로 하세요! 라고 말했습니다

아직까지 봐줄 만하다고 생각하지만 이쯤에서 관두지
않으면 씻을 물이 부족할 거라 생각했습니다

지친 침대 옆에 앉아 졸린 눈을 끔뻑이면

이제 또 무엇을 극복할까요? 극복이 비서처럼 질문 합니다

종류와 규모에 상관없이 세분화하기! 하고 말하세요 명령을 내리기 무섭게!

아아— 오늘은……,

머리에 띠를 두르고 행진하면서 극복! 극복! 노래를 부르겠습니다

오늘은 그만 됐고 충분히 배가 부르고……,

그는 지나치기 무섭게 화장을 고쳤습니다

당겨졌던 꽃의 줄기가 팅겨 제자리로 돌아갔습니다

그것은 프리지어가 아니고 개나리였고 냉장된 적이 없었습니다

손에서 시큼한 냄새가 났습니다

나는 직접

춤이라도 춰야 한다는 생각이 들었습니다

새로운 유행을 배우면 좋을 것 같지만 그것은 매우 어려운 일이었습니다

그럴 때마다 내 얼굴은 너무 진지했으니

영양 좋은 양질의 양송이

지금까지 모두 거짓말이었다는 듯
엔딩을 장식한 파슬리는 깔깔거리고 웃었다

당신을 이룬 피와 살
우리가 건설한 모든 완벽한 코미디들

그녀는 웃으며
궁지에 몰린 작은 깃털의 목을 졸랐다
풀과 고기가 엉킨 기하학적인 구성물

이 인류학적 묘기 위에
최후의 위로와 긍정의 빨간 모자를 씌우기 위해

빙하를 몰고 와서 돼지우리를 덮치고
뻣뻣해진 다리들을 모아 리본으로 예쁘게 묶었다
태운 머리카락은 잔 위에 뿌렸다

파라솔 아래 레몬 아래 얼음 속에 가라앉은 눈알이 기
억하는 마지막 행복

날마다 그녀의 상상력이 높아져 갔다

부위별로 혐의점을 기록해 두었다

접시 위에 남은 괴이한 토마토 꼭지들

실험을 마치고
물기 없이 바싹 마른
증거인멸의 스테인리스 조리실

간격 놀이

대야는 물방울의 숫자를 세고 있다
흠뻑 젖은 스웨터의 짜임과 짜임 사이를 지나 모든 구름
이 다 통과하기를 기다리는

반나절

골목과 의자와 담과 담쟁이넝쿨이
축 쳐진 스웨터 아래로 모여든다
물방울이 뚝 뚝 떨어진다

안녕들은 다 배웅했나?
기다리는 안녕들이 떨어지는 안녕에게 손을 흔든다
자신이 마지막일지도 모르는 안녕이 홀쭉해진 등가죽을
돌아본다

이별의 간격이 넓어지고 있다
다리가 길어지고 보폭이 느려진다
간격 하나를 뚝 떼어 내 목검 놀이를 하고 싶다
이 빠진 간격 사이에 머리를 내밀어 흔들흔들 숫자 놀이

를 하고 싶다
　　홀수로 하나씩 건너뛰거나
　　열씩 스물씩
　　건너뛰며

　　팔분음표들이 쌓여 있다
　　점차적으로 늘어난 사분음표들이 그 위에 쌓여 있다
　　기다림이 쌓이는 동안
　　나의 우울과 나의 강박과 나의 실패를
　　간격 사이에 하나씩 끼워 넣는다
　　흘러넘치는 간격들을 내버려 둔다

　　누가 먼저 일어나도 상관없다는 암묵적인 약속이 있다

　　서랍 속에 심정지한 시계가 있다

우리의 교양이 시작되려 할 때

어깨에 주름을 잡았습니다
한쪽에 세 개씩
대화의 중간이 봉긋해졌습니다
투명하고 길쭉한 글라스 쪽으로 조금은 더 미끄러질 수
있겠습니다

성의 있게 보이고 싶습니다
웃음의 끝단을 마무리 짓는 금속성의 커프스
수긍의 표시로 눈을 깜빡이는 꽃화분

푹신한 음악으로 안내하는 팔의 커브 안에
꼭 맞는 허리가 가끔 꿈틀거립니다

입술들을 배치시키기에는 커다란 액자 아래가 좋겠습니다

브로치는

떨어뜨린 시선을 받칠 수 있는 쟁반 높이면 좋겠습니다
작은 실수나 헛기침은 두 개까지만

다양한 뒷머리 모양끼리 테이블 매너를 주고받네요

어쩌다 한 번 우리의 가려움이 일치합니다

언뜻 속보가 뛰쳐 들어오듯이
물 잔의 수면이 출렁거렸습니다

그 순간 창문 쪽으로 무엇이 몰려갑니까
치마의 절개선 옆으로 무엇이 쏟아집니까
가방 속 표정이 일그러지려 할 때

디저트가 끝까지 형체를 유지하려고 애를 씁니다

우리의 교양은 비로소 시작되고
구두 속 발가락들이 지평선을 향해 달리기 시작합니다

다가오는 사람

검정 목도리를 코밑까지 칭칭 두르고 너는 온다
보존된 입으로
보존된 순간은 보존된 입안에도 없고 그것은 누군가 주
워서 열어 보고 휴지통에 던진 동전 지갑 같다

네가 오고 있어서 거리는 멀고 모든 창문은 빛을 반사시
켜 이 안은 어둡다

거기와 여기 사이

가로수는 없어도 되지만 있다 폐점포는 없어도 되지만
있다 있어도 되지만 없는 것도 있고

모두 무언가에 열중한다
등으로
등으로 뭔가를 떨어뜨리고 잠깐 멈춘다 머리가 엉망으
로 헝클어져 있다

서로 모른 척 다른 곳을 바라보지 막 다음 장면으로 넘

어가려는 사람처럼
　그런 동작을 몇 개 가지고 있다
　점점 개수가 늘어난다

　거기와 여기 사이
　모두 있다 이마를 짚으며
　작고 사소한 문제를 일으키며

　지연되지 않아서 지금 죽는 것들

　문손잡이가 반짝이고 있다
　문손잡이는 없어도 되지만 지금
　있다

엄습

이제 거의 모르는 얼굴로 진입하려는 순간
너는 네 얼굴이 막 기억난다

당혹감으로 달아오른다
저쪽으로 건너가려다가 붙들리고
앞모습이 뒷모습에 추월당한다
앞모습 위로 뒷모습이 올라타고 점점 너는 비대한 무엇
이 되어 간다

바짝 쫓아온다
시간을 건너뛰고 과정을 생략하고
그것이 바로 옆에 있다
썩은 이를 드러내며 웃는다

흉하다면 흉한 대로
젖었다면 그냥 입고 말려야 한다

돌아보지 않아도 눈 감아도 있지
곁눈질 옆으로 아무것도 쓰러지지 않는다

눈을 뿌리지도 않고
공을 던지지도 않는다

저녁이 나란히 걷고 있다
너는 발이 점점 작아져서 기우뚱거린다
등 뒤에 순식간에 도시가 생겨나고 불빛이 생겨난다

작은 돌멩이가 날아와 달라붙고
깃털과 새똥이 날아와 달라붙고

점점 너는 둥그스름한 무엇이 되어

봅슬레이를 타요

봅슬레이를 타요 즐거워요
전신 수영복을 입고 제자리에서 한 바퀴 돌아요
전속력으로 새로 태어날 수 있어요

수용되고 싶나요 이 봄날에
하수구 옆 들꽃처럼 오가는 발등에 쿨럭쿨럭 기침이라
도 뱉고 싶나요

거절한다면 헬멧 쓴 머리를 갸웃거려요
닭처럼 겨드랑이를 치고
서로의 정수리를 때리며 깔깔 웃어요

어디로 배달해 드릴까요

유일한 속도 속으로 편입되어
멍청한 자화상이 뜨악하게 입 벌린 장면을 지나
유쾌한 사람들이 떠들썩하게 연희를 벌이는 광경을 지나

무중력의 꽃잎 날리는 봄 나무 위로

배부른 오늘이 비스듬히 누워 날고
낯익은 얼굴들이 우주정거장에서 손 흔들며 웃고 있어요

봅슬레이를 타요
봄의 관중들은 아직 출발점에서 박수를 치는데

천진한 얼굴의 겨울이
이를 반짝이며 저 앞에 도착해 있을 거예요

프랙탈

화살표들이 모범을 보이고 있다
에스컬레이터 위로 나는 올려 보내지고
더 위로
내가 지향해야 할 것이 있을지 모른다
일정한 간격으로 진열된 단순한 모양의 힌트들
비슷한 대목에서 늘 의문이 생기고 그때마다 네게 전화
해야 할지 모른다

저는 어디에 끼워져 있는 겁니까?

밥을 먹다가
밥에 물을 붓고 다시 밥을 개수구에 붓는 순서
매일 같은 순서로 이를 닦고 무심코 꽂은 칫솔이 어제와
같은 각도인 걸 확인하는 일

언제 우리는 충돌하지?
이마에 돋은 핏방울로 그림을 그리고 그 인상을 벽에 걸
어 둘 수 있을까?

작은 마디들을 기억해 두지 않는다면
유사한 장소에서 유사한 몸짓을 알아채지 못한다면
그들의 미소 때문에 가려진 부분을
접고 접어서 작아진 얼굴을

너는 아무렇게나 꽂아 두고 가끔 컵 받침으로나 쓰고
있지

내가 감행했던 대각선이 먼 훗날 반대의 대각선과 짝을
이루고
결국 구체적인 형태로 우리는 만날 것인가
미리 계산한 듯 헤어졌던 것인가
계단의 개수를 끝없이 헤아렸지만 이 너머에 또 다른 계
단들이 이어져 있는 것인가

발 옆에
세 개의 돌멩이가 모여 있는 구조

박수의 진화

　그가 박수를 치자 내 생각이 급선회했다 내 생각은 달리고 있었다 자신의 박수 소리가 근사한지 그는 다시 박수를 쳤다 박수가 박수를 모방하고 박수가 박수를 격려했다 그는 틈을 두고 치다가 삼삼칠로도 쳤다 그의 손바닥에서 나는 짓이겨졌다 박수를 치다가 그는 벌떡 일어났다 나는 바닥에 툭 떨어졌다 리듬에 맞춰 생각할 수도 있겠지 손바닥에서 침 튀기듯 멀리 날아갈 수도 있겠지 나는 그의 박수를 응원하고 싶어졌다 박수의 안에서 밖으로 나가고 싶어졌다 손들이 박수를 호위하며 소리의 둘레를 북돋운다 발화가 시작되려는 지점에서 나는 기다린다 어떤 도약은 예기치 않은 곳에서 예기치 않은 방향으로 진행한다 그의 박수는 실패할 수도 있다 박수에 의해 박수가 궁지에 몰릴 수도 있다 손가락을 최대한 모으고 함성을 더해 무엇이 무엇을 토끼몰이하다가 나동그라지는지 보기로 한다 박수의 뒤에서 박수를 기다리며 볼륨을 조절하며 신중하게 또는 발랄하게 나는 박수를 친다

3부

젤리국자와 돌스프

돌스프가 우릉우릉 끓는다
젤리국자가 쿨렁쿨렁 웃는다

젤리가 불가능에 기여하려는 순간에 대해서라면
명랑한 사기꾼을 사랑하게 될 수도 있다

물체가 되기 직전
우리는 어떤 표정을 지어야 하나

숨이 차오르는 임계점에 대해 꽃들은 씨앗에 기록을 한다

절정 앞에서 멈추는 연습을 하다가
발 위로 많은 발목들이 떠나갔다

남겨진 수많은 발들을 감상하기에 좋은 아침

식물 일기

오늘은 저 산꼭대기가 예민하다 안전모를 써야겠다 오늘은 저 고양이의 잠이 이상하다 안전모를 써야겠다 녹슨 자전거가 몇 년 째 그 자리에 있다 안전모를 써야겠다 의심이 자라 지붕을 덮고

며칠째 초록 먼지가 날린다 마스크를 하고 밥을 먹고 마스크를 하고 키스를 한다 마스크를 하면 너의 눈을 더 잘 들을 수 있다

어딘가로 날아가는 마스크 떼를 보았다

빨대 끝이 닿지 않는다 방을 기울여도 방을 흔들어도 빨대 끝이 닿지 않는다 물구나무를 해도 닿지 않는다

벽에 기대 흐르는 물소리를 들어 본다 물소리는 물의 기억을 쫓아 흐르고 물의 뿌리는 벽을 파고든다
재난 같은 허기

결국 우르르 제 봉오리들을 떨어뜨릴 것이다 모든 절차

를 잘 알고 있다는 듯이 먼저 앓을 것이다 미리 불행할 것
이다 누군가는 이불을 쓰고 오늘의 혐의를 기록하겠지

일기예보는 항상 맑음 모래알들은 각각 신비스러운 제
삶을 살아간다

조용한 숨소리만 방 안에 들린다
발톱이 조금 더 자랐다

통증의 억양

　신호가 몇 번 바뀔 때까지 너는 서 있다
　통증이 초콜릿처럼 천천히 녹아내린다 발목이 녹아내리고 무릎이 녹아내리고

　너는 이곳과 멀구나
　그 높이에서 너는 다른 사람 같다

　거기서 너는 무언가를 빌려 쓰고 있다
　달궈진 팬 위에서처럼 조금 끓어오르고 약간의 냄새를 풍긴다
　그곳에서 너는 움직이지 않는다 다만 익숙해지려고 노력하는 중이다

　추락하지 않는다 추락에 실패한 건지 모른다 너를 들어올린 것은 낙엽의 탄식이나 부러진 벌레의 허리

　흩어진 종이들의 피로

　바스락거림이 잘 들리지 않는다 그런 것을 너는 외면한

다 모르는 것이 그곳에 많다
　어색한 자세로 굳어진 조각상처럼 그 위에서 무엇이든
　되어 있다

　조금씩 가벼워지고 있다 나부끼고 있다 투명해지고 있
다 한 자루의 느낌표를 찍으며
　구두의 무게에 적이 안심하고 있다
　심장이 바닥에서 멀어지고 있다

　떨어진 눈썹을 핥고 바람이 달아난다
　통굽에서 내려 너는

　버스에 오른다

계란 까기

들여다보지 않는다
쭈그리고 앉아서 급히
계란 까는 얼굴을
찔린 손가락이 흠칫 멈춘다

다행이다 둥근 뒷모습을 까지 않아서
전생의 냄새나는 돈뭉치처럼 자신의 얼굴을 세다가
가끔 일어설 수 있어서

가슴을 쿵쿵 치며 물을 삼키다가
은밀하게 울 수 있어서

미래의 겨드랑이
미래의 사타구니 어느 곳에서
닭털을 마구 뽑을 때에도
날아다니는 닭털을 쫓으러 다닐 때에도
혼잣말로 중얼거릴 수 있는 뒤통수가 있어서

스텐 그릇을 발로 슥— 밀어 두고

작은 창가에서 웃으며 손 흔들 수 있어서
입가에 묻히고 있던 것
닦지 않아도 되어서

다른 얼굴을 훔치지 않아도 되어서

그게 전부가 아니어서

과도기

그 말은 입에서 맴돌다가 모자를 쓴다
이제야 생각난 듯 문어체의 표정으로 너는 겨우
입을 움직이지

"다시 집에 가서 다른 문장을 데려올 테니 잠깐만 기다
려 주시기 바랍니다"

어딘가 피가 돌지 않는 말을 물밑으로 늘어뜨리고 기다
린다
아무리 천천히 놀고 있어도
데리러 간 아이는 오지 않는다

발을 옮기기도 하지
발을 옮기는 것은 언제나 옳다는 듯이
앉아서 탭댄스를 춰 보기도 하지 나무들이 다 함께 껑
충 뛰어 발을 엇갈린다면 한 번쯤 웃을 수 있겠다

동시에 우리의 비밀이 생각나고 어디서부터 다시 어색해
질까 바닥을 헤매겠지

그 옆을 비워 두기로 한 것을 너는 모른다 그것을 누가
일러두었지? 모든 준비를 끝내고 기다렸는데
　장갑을 끼고 시작한 이 요리가 끝나 가는데
　이후로도 모를 것이다 너는 모르기로 한 사람
　그는 영원히 오지 않기로 한 사람

　흰 다람쥐가 재빨리 나무 위로 뛰어오르고 아무도 돌을
던지지 않았지만 갑자기 그것은 떨어진다
　공중이 얼른 메워진다 구두점도 없이

　그것은 다수결로 아름다운 일일까

　그 골목을 지날 때 함부로 바람이 미치지 않기로 한 결정,
절룩이는 피아노 소리가 영원히 그 골목을 떠나지 못하고
　누구도 그것을 기록하지 않기로 한 결정

　그것은 다수결로 그립지 않은 일일까

파도의 새로운 양상

너의 감정이 입장한다 스타디움으로
유리잔을 깨뜨리고 내 발등에 침을 뱉는다
너는 도취되었다

너는 분열되었다
우리의 절정은 이미 가라앉은 지 오래
우리의 계획은
물밑 빠른 조류를 따라 먼 북쪽으로 흘러갔다

아무것도 인정하지 못한다는 듯이
목이 쉰 팬터마임처럼 끝없이 손을 파닥이고

너는 목표를 전환했다

연보라와 보라의 인터체인지
창백한 분노가 기하급수적으로 불어나고

서정적인 삶*
동시에 도착할 수 없다면

해일을 예감한 갯벌레들이 인가를 덮치듯이
흰 시트들이 넘어지고
고생대 식물처럼 둥치 굵은 체념들이 차례로 쓰러진다

주체할 수 없는 이 혈통을 누가 바라보는가

수면을 핥는 바람의 혀는 수많은 기호들을 파생시킨다
새로 태어난 관점 하나가 갈라져 간다

멀리 떠밀려 간다

* 에밀 시오랑

서 있는 사람

어깨너비로 다리를 벌려요 사다리처럼
이것은 물리적인 간격입니다

고민하는 자세입니다

횡풍에 주의하세요 개미가 타고 오르더라도
최대한 비참을 유지하세요
견고하게 풍경의 내부를 조망할 수 있습니다

문틈으로 그녀의 엉거주춤을 보았나요
그녀의 교각 아래를 수없이 드나들었지만 그런 예술적인
아치는 처음 보았나요
당신의 운하는 그 후로 먼 바다로 뻗어 나갔나요
상심할 때마다 다리를 오므렸나요

샌드위치의 절단면처럼 말끔해진 얼굴로 악수를 주고받
았습니다
그렇게 단호하다니 사다리를 빨리 접을 수 있겠습니다
어색했던 풍경들에게

다시 백치미를 돌려줄 수 있겠습니다

초점을 아래로 향하지 마세요
손이 지시하는 방향으로 당신의 시선을 운반하세요
비루해지는 비율로 습관적으로 다리가 움직이거든
무릎을 세우고 일직선으로 걸어가세요
기억이 졸졸 따라가다 길을 잃도록 강가의 산책로를 걸
어가세요

당신의 뒷모습에는 잡목이 우거져 있습니다
표정 하나 건너기 전에 다리가 다리를 감추고 말았지만
하체를 철거할 순간을 위해 언제든
의자를 준비하겠습니다

그들끼리 주고받은 말들이 보도 위에 얼룩져 있습니다

용어들

용어를 하고 왔다
용어를 나눠 먹고 용어를 타고 이동했지만 용어 이후에
우리는 발전한 게 없다 용어를 가지지 못한다

용어는 용어끼리 몰려다닌다 빌려 쓰기 싫었으므로 손
가락질 한다 피해망상증에 사로잡힌 관객이 된다

교회에서 열심히 박수를 친다
철탑에 올라 손 흔들고 구호를 외친다
단결한 구름 덩이들
그러나 용어집처럼 집요하지 못하다

압사하기 전에 발바닥에 적힌 상표를 읽어야 한다
누군가는 용어를 주워 가고 누군가는 풍족한 저녁 식사
를 할 것이다

봄이 용어를 피해 금 간 블럭마다 스민다
여름이 용어를 피해 차가운 물속으로 뛰어든다

익사한 용어들이 발견된다 사지를 벌린 익숙한 패턴의
모습으로

유사한 형태의 피해자들과
유사한 시기의 도끼들이 다시 회자된다

죽은 용어들이 다시 부활한다
동정심과 적개심은 끝없이 용어를 재생시킨다
유신론자처럼 작은 손을 가진 그들은

용어들 뒤로 숨은 그들은

곤경의 빛

그루핑 게임을 했다 어지러이 교차되는 다리들을 바라보며 손을 잡고 빙빙 돌았다 모두 웃고 있었다 겨드랑이 사이로 다른 웃음이 끼어들었지만 아무도 그들을 볼 수 없었다

손이 미끄러웠다

호각 소리 들리자

갑자기 암전됐다 모든 소리가 사라졌다 다 함께 식빵 앞에서 입을 벌리고 다 함께 지하철 문 앞에서 한 발을 들고

누군가 회전문 밖으로 튕겨 나가기 위해 속으로 박자를 세고 있었다

모든 것이 사실로 판명 나기 전
아주 잠깐의 영원

너는 네 팔을 껴안았다

그 순간 기억해야 할 음의 높이를 떠올렸다 아직 귓속에서 태어나지 않은 네 저녁을 부르는 소리

그것은 깊은 동굴 속 투명한 벌레의 날개처럼 떨리고 있었다

가슴 아래를 잡고 높이 들어 올리자
모래 인형처럼 부스러져 내렸다

공의 안쪽
그 한가운데 부유하고 있는 먼지들
.

빛이 고조되고 있었다

선영이가 가르쳐 준 스파게티

선영이가 나타났다가 사라지는 시간
선영이의 애인이 손나팔을 만들었다가 감쪽같이 다른
애인의 팔짱을 끼고 사라지는 시간

잠깐이면 돼요
반짝 사라질 가설무대 위에 나의 순정을 세워 둘게요
내 얼굴 위로 매연을 뿜고 지나가세요
삼삼오오 시시덕거리며 지나가세요
그 순간 껍질 깐 마늘처럼 보얀 이마를 내밀고 어릴 적
죽은 친구가 돌아볼지 모르지요

엉거주춤 화장실에서 상상의 미녀와 살 비비다가
온종일 키보드를 두드리다가
잊어버렸던 기억의 입구가 생각날지 모르지요
같은 모서리에 반복해서 부딪칠 때마다 오래전 묻어 둔
비밀이 툭 툭 흙 위로 불거지겠죠

갑자기 공중 어딘가에 낚시 바늘이 걸렸나 예전에 날 불
렀던 목소리가 이제 왔나 하고

선영이 얼굴은 한 번도 본 적이 없지
돌아보려다 그만두고 혼잡한 거리에서 수백 명의 선영이
에게 섞여 사라진다

선영이들의 교대 시간

선영이었다가
선영이가 아니었다가

버린 선영이들이 낙엽처럼 굴러다닌다

전면적으로

어느 날 공사용 가림막이 전면에 펼쳐졌습니다
말수가 줄었습니다
당신의 아침 정원으로 기분 좋게 걸어 들어가는 내 모
습을 당분간 볼 수 없게 됐습니다

꽃병을 마주 보고 끝없이 고개를 끄덕이는 것은
근력을 키우기에 좋습니다
과일 접시의 오와 열
그 샛길은
산책하기에 좋습니다

어느 날 포장지를 뜯어낸 새로운 애인이 우뚝 서 있고

새로운 기분에 적응하기까지
미간이 무럭무럭 넓어집니다
넓어진 이마로 지나치기 좋은 거리입니다

다른 종류의 웃음은 가끔 무섭습니다

가림막 한쪽 끝에는 구름다리가 걸려 있고
파스텔 톤의 저쪽 사람들이
손짓합니다
자고 나면 새로운 비밀이
공터의 야채들처럼 쑥쑥 자라나고

이쪽과 저쪽의 경계엔 시간이 얼마나 빨리 흐르는지

우리가 안고 쓰러졌던 그 자리 주위로
쇼핑백을 들고 수없이 지나쳤습니다
뭔가 많이 달라졌지만

모른 척하는 것에 익숙해지고 있었습니다

착지자세

네 호흡이 이 공기를 지휘하는 거라 생각했다
리듬을 타던 먼지도 가끔은 부동자세로 이쪽을 바라본다

조화롭게……
심심해……

철봉을 오르내리며 조금씩 어깨를 실룩이는 사물의 능
선을 본다
온화한 옆모습 너머
일그러진 네 얼굴의 흉터가 보고 싶다

가끔 멀리 튀어 올랐다가
여기가 어딘지 어디로 떨어져야 하는지 몰라
난감할 때

이 고양감을 지속시킬 수 있다면

어느 쓰레기 섬에서 뻗어 나온 팔의 꼭대기라 할지라도

착지 후의 첫 동작을 고르지 못해
아직 공중에 떠 있는 사람

윙윙거리는

익숙한 바닥의 냄새를 일별하고
경악하는 사람

세상의 작은 수신호들이 분주히 움직이고

애완 망치와 외로운 병따개의 밤

각자 물어뜯을 수 있는 슬리퍼는 갖고 태어난다
젖니가 자라나듯이 서랍 속에서
따고 싶은 밤바다의 모가지나
박고 싶은 전봇대의 차가운 이마 같은 게 생각날 때

볼품없는 부위를 숨긴 롱 코트들이 거리를 지나간다

흉측한 앞니를 감추고
자두처럼 물렁해진 머리가 놓여 있던 자리에 번져 가는
얼룩으로

의욕이 남아 있다는 것은 얼마나 부끄러운가?
라고 쓴다

쓰린 속에 새벽 라디오의 찬송가를 담고
윗집이 떨어뜨린 동전 또그르르 구르는 소리에 운명을
걸어 보고

녹슨 성대는 손잡이에게 손잡이는 주인에게 주인은 증오

에게 증오는 치욕에게 몸을 의탁한다

그림자를 눌러 터뜨린다
재롱을 잊어버릴 때쯤 손톱깎이가
입을 딱딱거리며 기어 와 발 언저리를 꾹꾹 물다 간다

멍 자국이 없는 밤

서랍마다 진물이 흘러내린다

전이

변기에 쏟아 버린 금붕어 한 마리가 어느 물가에서 헤엄
치고 있을 가능성
　그 가능성에 도달하기 위해 통과해야 할
　수많은 물방울의 뺨을 생각하는 아침

아스팔트 위로
분홍색 꽃무늬 스커트를 입은 여자가 무단 횡단할 때

그녀의 부조화가 뻗어 가며 교란하는 빛이
한동안 식탁보 무늬가 되고
정오를 가로지르는 그림자의 갈라진 뒤꿈치가 되고
너무 쉬운 믿음이 되고

어떤 의상에도 잘 어울리던 네 링 귀고리처럼
모든 대화의 전환에 통용되는
몇 개의 클리셰

수없이 미루기도 하고 정반대로 가면 잠깐 보이기도 하지
희박할 것 같던 접점 하나를 남기고

다시 무한히 어긋나기 시작한다

지붕을 가로지르던 고양이가 선인장을 쓰러뜨리고
긴 통로를 지나
기적처럼 전화가 울린다

또 하나의 가능성을 기대하면서

돌멩이의 땀샘이 열리길 기다리는
구름의 낮은 주문처럼

입장권

공휴일을 맞아 만국기 아래 너를 세워 두는 것은
악취가 모자라 그래서 결격인 너의 슬픔은
공동체 번영에 오점이 될 수도 없는
일인의 자세는

버려야 할 독백이 어느 공중에 구멍을 파고 있다

벤치 하나를 독점할 수 있는 무료함과
하루 종일
껌의 의지와 껌의 재능과 뱉은 후 껌의 모양에 골몰해지
는 무익함으로

소방의 날을 맞아
식목일을 맞아
유엔 세계 평화의 날을 맞아

묵념할 장소를 잘못 잡은 노숙자의 허기처럼
김치가 모자란다는 조문객의 외침처럼

모처럼의 비감처럼

검은 예복들이 비통한 얼굴로
조용히 사라질 때까지

부스럭부스럭 주머니에서
입장권을 구기면서

측량사

점들이 있다
울퉁불퉁한 지면 위에서 각자 다른 방향을 보고 있다
점을 이어 평면을 도모하지 않는다
가위바위보를 하지 않는다

시퍼런 외해가 마당에 출렁인다
모래의 몸살을 물어다 좀 더 내륙으로 옮기고
침몰선 내부로 끝없이 긴 밧줄을 내린다

몇 개의 점이 더 있으면 얼굴을 그릴 수 있는지
그 점들의 무게를 재면 얼마인지

선을 잘못 이어

실수로 당신 장기의 일부를 소유하고 있다
작은 묘지들이 숱하게 방의 안팎으로 이동하고
나의 영역에 새로 포함된 것과

곧 사라질 목록이 있다

수많은 오차들이 박쥐 날개처럼 푸드득 나의 침실로 날
아들고
오늘 밤 담을 넘으려는
뿌리 들린 풀 줄기들이 있고

어떤 입체가 한뎃길에 투명한 척추를 세우고 있다
밤새 짐을 져 오르는 발소리가 들리지만
다음 날 아침 아무도 그를 볼 수 없다

꼬리 긴 연을 하늘 높이 날리며
얼룩의 구체적인 형태를 다만 내려다본다

점들이 불고 있다

드라이플라워

그녀가 약간 돌아보았다
배관이 드러난 얼굴
머리카락이 조금 기운 것 같다

누가 부르는 소리 들린 듯
얼굴이
한 바퀴 반 돌았다
복원되는 데 한참인 줄기가 중간쯤 되돌아가다
시들었다

머리를 자신의 한쪽 어깨에 기댄 채
뭔가를 기다린다

일조량을 극복하려던 자세로 잇몸만 남은 꽃들

어제의 함몰된 엉덩이와
오늘의 함몰된 광대뼈들 지나가고

그 후에

이미 그녀가 다녀간 목들이 여러 번 도착했지만
머리를 얹지 못하고 출발했다

직립이라는 순교

말라 가면서 찾은 무덤의 방향

노랑의 윤리

어쩌다가 그날 한쪽 벽에 온통 칠해 버린 원색 노랑은
날 자꾸 떠밀고 아직 오지 않은 날로부터 멀리 흘러간 날
로부터 날 떠다밀고 가까이 갈 수 없는 마음 하나를 쳐다
보며 살게 된 나와 나의 회유를 기다리는 노랑의 언저리와
그 사이엔 어디로도 밀착되지 않는 딱딱한 공기가 놓여 있
다 우연이 감당할 수 없는 무게로 영원히 고정되는 어처구
니에 기대 슬픔을 연장할 수 있길 바란 것은 다만 나의 어
린 취미이지만 우연 뒤의 증명 우연 뒤의 공포를 필연적으
로 마주보게 된 사람의 모습으로 나는 앉아 있다 자진해서
빛의 파편이 뿌려진 소로를 걸어 들어간 사람의 풀 줄기
를 뜯어 쥔 왼손 그리고 차가운 맨발 그날 노랑이 데려왔
던 기억들은 노랑 안에 살며 노랑을 업신여기고 노랑을 사
주하고 혼합되지 못하는 것은 누구의 잘못도 아니라는 것
을 어쩔 수 없는 자신의 강렬함을 사랑할 수도 미워할 수
도 없다는 것을 벽을 바꾼 자는 주인이 아니고 어떤 선택
은 전생에서부터 끝없이 떠밀려 온 나뭇조각처럼 우리 앞
에 다가왔을 뿐임을 적당한 부자유를 즐기는 편이 나았을
지 모른다 이런 시작은 노랑이 아닌 나의 출생을 질문할
지도 모르니까 그건 노랑이 바라는 게 아니지만 내가 바라

는 건 더욱 아니니까 노랑이 데려왔던 어지러움 노랑이 쫓았던 환상 노랑이 미처 깨닫지 못한 그 어떤 것도 이제 손 쓸 수 없다 수정할 수 있는 건 처음 그를 불러왔던 나의 불순함을 인정하는 것 손에 쥔 곤봉을 높이 던져 모두 떨어뜨리는 미친 광대의 저글링처럼 노랑의 저주를 다 받아내야 한다 벽이 울고 벽이 녹아내리고 벽이 흘러가면 그곳으로 따라가 줄 수 있을까 더 이상 깔깔거리며 개다리 춤을 추지 않게 된 그곳으로 개처럼 다리를 벌리고 눕게 된 그곳으로 근사하지? 근사해! 꿈꾸던 그곳으로 모든 실패가 시작되던 처음의 그곳으로 어미를 따라 도로를 건너지 못한 어린 고양이의 눈을 본 적 있다 가드레일 뒤에 움츠리고 앉아 단단한 노랑 분리선을 세상의 현기증을 의미를 알 수 없는 수많은 바깥을 노려보고 있었다 뻣뻣해진 등허리로 흐르던 전류들…… 노랑의 배후 저 너머를 어린 고양이처럼 바라본다 벽 아래 엎질러진 나의 어리석은 용기 위에서

산출된 파도, 내파되는 일상

조재룡(문학평론가)

> 계획 자체가 모름지기 충분한 쾌락을 부여
> 하는데 계획을 실천하는 게 대관절 무슨
> 소용이 있는 것일까?
>
> 샤를 보들레르, 「계획들」

사방이 고요하다. 귀를 쫑긋 세우자. 그리고 두 눈을 들어 잠시 주위를 둘러보자. 어떤가? 모든 것이 여전히 무사한가? 그렇지 않다고 해야 할지도 모른다. 누군가의 눈에는 이 조용한 풍경들이 뭔가를 잔뜩 머금고 있는 상태로 비추어질 수도 있으며, 태평한 사물들이 제 기세로 잔뜩 인내하고 있는 운동의 순간들이 보일지도 모른다. 그렇다고 해도, 이는 환상이나 몽상의 결과는 아니다. 거꾸로 말해도 마찬가지다. 일상은 굳게 닫혀 있는 서랍처럼, 매번 제자리를 지키고 서 있는 나무들처럼, 미동도 않는 벽과 테이블과 소파처럼, 자주 침묵한다. 그러나 누군가는 이 단조로운 일상에서 어떤 운동과 그 운동의 원리와 그 원리의 규칙과 그 규칙의 기이한 질서를 캐려 한다. 일상이 걸어 잠근 것을 깨트릴 가능성은 사실, 일상에, 그리하여 삶에 벌써 내재되어 있을 수밖에 없다. 역설적으로, 일상에서 살아 숨 쉬고 있다고 가정하는 모든 것들은 '사실 ─ 있음'에 기반을 한 객관적 사물들이나 현실적 존재들이며, 그렇게 해서 자주 관찰의 대상으로 여겨질, 그러니까 오로지 이와 같은 조건 하의 현실이나 사물일 뿐이다. 따라서 누군가 이 사실적·객관적 구조물이 그 안에, 고유한 목소리와 독특한 질서를 담고 있다고 여기고, 한 걸음 나아가, 자신이 재편해 낼 무엇, 그러니까 기록을 시도하여 쟁취할 미지의 무엇이라고 여긴다면, 그는 사실상 이 세계를 훨씬 복잡한 관점과 미묘한 차원에서 바라볼 자격을 갖추고 있는 자라고 해야 한다. 이 경우, 그는 "모든 돌덩이는 그 안에 조각상을 가지고 있고 그것을 발견하는 것이 조각가의 과업"이라고 말했던 미켈란젤로의 생각을 훌륭히 계승하려는 사람이기도 하다. 이제 일상은 인식을 통해 재편될 수 있거나, 인식은 차라리 일상 속에서 매번 깨질 수도 있다. 사실 ─ 사물 ─ 일상 ─ 삶을 찢고 들어가는 일을 감행하려는 자, 그는 자주 절묘한 상상력으로 백지를 물들이지만, 그는 이성 ─ 상상으로 갈라선 두 세계의 기계적 구분에는 관심이 없다. 그는 단지 일상이 창의성의 게토라는 사실을 애써 드러내는 일에 의식적 ─ 무의식적으로 몰두하고, 그 이후의 사태는 미지에 위탁할 줄 안다. 중요한 것은 그에게 '인식'(그러니까 사실적 지각)과 '창의성'(시적 순간의 고안)이 서로 밀접하게 연결되어 있는 것으로 보인다는 점이다.

1. 착수

  김미령의 첫 시집 『파도의 새로운 양상』은 삶 ─ 일상을 시적 주관성의 발현을 통해 담아내려는 진지한 노력과 독창적인 시도로 가득하다. 김미령은 전체를 고려하여 부분을 배려하는 일로 열망의 궤도를 삶 한복판에서 피워 올린다. 그는 조직적으로, 그러니까 모종의 계획 하에, 제 첫 시집을 하나의 건축물처럼 선보였다. 작품 하나하나의 배치나 제목 역시 일상을 시적 질서로 궁굴려 보려는 기획에 대한 알레고리이다. 첫 작품 「캉캉」은 이 기획의 서막이라고 해도 좋겠다.

  두꺼운 장막, 열 겹의 주름 밖에 내가 서 있다

  파도치는 거리, 언젠가 이 바깥을 모두 걸을 때 너를 다시 시작할 수 있다

  도는 것을 멈출 수 없고
  멈추는 방법을 우리는 모르고

너의 음흉이 나의 어리석음을 칭칭 감으며 비대해진 솜사
탕처럼

치마를 벗기면 얼마나 너는 줄어들까 주름을 쫙 펴면 얼마
나 넓어질까 도열한 풀들이 빽빽하게 막아선 것 잠깐 나왔다
들어가며 숨바꼭질하는 것 누르면 까르르 웃기만 하는 아이가
들어 있고 뉘여 말리면 비쩍 마른 엉덩이들이 뿔뿔이 달아난다

무릎 위로 일렁이는 흰 건반들

밤새 입안에 쇠붙이가 많이 쌓이고 새를 날린 아침 나무처
럼 너는 헐렁해져서

——「캉캉」

'캉캉'은 무엇인가? 드러냄과 숨김의 예술이다. 무대 위
의 춤이다. 시집을 끝까지 따라 읽고 난 다음, 우리는 비로
소 이 작품이 어떤 시적 상태의 고안에 바쳐진 알레고리이
며, 그 시도를 조용히 천명하는, 단단하고도 진지한 고백임
을 알게 된다. "두꺼운 장막 열 겹의 주름 밖에 내가 서 있
다"고 시인은 말한다. 무대에 설 준비가 되었는가, 라는 물
음을 우리는 거기서 듣는다. "너를 다시 시작할 수 있다"고
시인은 말한다. 무대에 서기 전, 저 "바깥을 모두 걸을 때"
비로소 그럴 수 있을 것이라 고백하는 그의 목소리를 우리

는 예서 듣는다. 이 전언은 망설임인가? 차라리 진지한 고민의 생동감 넘치는 발화가 아닌가? 가까스로 무대에 올랐다. "너의 음흉이 나의 어리석음을 칭칭 감으며 비대해진 솜사탕"이 되어, 계속해서 쓰는 행위에 착수하겠다는 목소리를 우리는 듣는다. "도는 것을 멈출 수 없고, 멈추는 방법"도 알지도 못한다고 적었지만, 이는 단지, 쳇바퀴처럼 반복되는 단순한 일상에 대한 대칭적 비유는 아니다. 시작(詩作)을 시작(始作)하기 위해 요구되는 몰두, 저 고민의 시간, 망설임 속에서 흘러나오는 목소리를 우리는 여기서 듣는다. 그는 (시적) 예술에 정답이 존재할리 만무하다는 사실을, 백지를 마주하며 보낸 숱한 시간 속에서 직관적으로 깨닫는다. 과다한 수식을 덜어 내야만 한다고 생각했을까? "잠깐 나왔다 들어가며 숨바꼭질하는 것", 이 단순한 놀이는 생활과 일상의 반복에 대한 것이지만, 무대에 서는 자의 운명에 대한 비유로 여기는 것이 조금 더 타당해 보인다. 작품은 개인적 경험의 기록이면서, 삶 — 일상 — 세계를 지금 — 여기의 주관적 언어로 마주하려 기투하려는 사람의 우여곡절이기도 한 것이다. "밤새 입안에 쇠붙이가 많이 쌓이"면 일단락이 마무리되고, 이후 잠시 "헐렁해져서" 다시 또 시작을 모색해야 하는, 저 끝이 예정되지 않은 행위. 이를 무엇이라 불러야 하는가. 끝없는 작업이라는 사실을 그는 완수되지 않은 근접 과거의 사건처럼 방금 풀어놓았다. 그가 어떻게 "발밑에 오래 잠복해 있었"던 "말"을 귀

기울여 들으려 하고, "가장 준비되지 않은 순간"을 "날아오르"(「점프」)고자 하며, 시적 비상(飛上)의 꿈을 실현하며 궤도를 그려 내는지, 그의 시가 왜 다발적 발화의 폭발로 주관성의 세계를 열어 보이고자 하는, 미지를 향한 기획의 소산인지 살펴보기로 한다.

2. 구상

점(點)을 들고 있다. 일상은 점과 같은 존재 ─ 사물 ─ 행위로 가득하다. 시인은 "점들이 있다"(「측량사」)는 평범한 사실에서 구상의 씨앗을 발견한다. 사방에서 "점들이 붙고 있"는 현실 ─ 풍경은 어떤 가능성을 머금고 있는가? "수많은 오차들"을 빚어내는, 이 점들로 구성된 세계에서 그는 "얼룩의 구체적인 형태"를 그려 보고 "다만 내려다"보는 일에 전념한다고 말한다. "울퉁불퉁한 지면 위에서 각자 다른 방향을 보고 있"는 점들을 잇다 보면 어떤 일이 생겨나는 것일까? "몇 개의 점이 더 있으면 얼굴을 그릴 수 있는지/ 그 점들의 무게를 재면 얼마인지" 궁금해 하고, 점과 점으로 된 "선을 잘못 이어" 예기치 않은 사태를 겪어 보기로 결심하며, "곧 사라질 목록"이라도 그려 보려 시도한다. 이렇게 점과 점을 이어 보는 순간, "장소가 드문드문 생겨나다가 사라"(「건너가는 목소리」)지기도 한다. "하나의 형태를 이루려는 경계"(「친밀감」)에서 끝없이 망설여야 할지도 모른다. 그렇게 "기억의 입구"(「선영이가 가르쳐 준 스파게티」)에 당도하면, 어느새 잊혔던 수많은 인물과 사물 들이 백지 위로 쏟아져 나오고 다시 사라지기를 반복하며, 새로운 질서 속에서 삶을 재편하기 시작한다. 순간은 이때 구조물처럼 실현 가능성을 타진한다. 가능했을 어느 순간들이 서로 교차하면서 통점(痛點)과 공점(共點)을 백지 위에서 창출하는 것은 바로 이때다.

수없이 미루기도 하고 정반대로 가면 잠깐 보이기도 하지
희박할 것 같던 접점 하나를 남기고

다시 무한히 어긋나기 시작한다

지붕을 가로지르던 고양이가 선인장을 쓰러뜨리고
긴 통로를 지나
기적처럼 전화가 울린다

또 하나의 가능성을 기대하면서

돌멩이의 땀샘이 열리길 기다리는
구름의 낮은 주문처럼

　　　　　　　　　　　　　　　　　　　　──「전이」 부분

모든 것이 이렇게 시의 재료가 된다. "소파의 재료/ 아침의 재료/ 눈물의 재료"는 곧 시의 재료, "무르고 촉촉하고/ 관계 사이를 통통거리는 소립자"(「친밀감」), 그러니까 항용 어떤 점이다. 김미령에게 '점'은 그 자체로는 의미가 없다. 점과 점이 접점을 이룰 때, 그 순간, 무엇이 고이고 또 사라지는지, 그들이 맺는 관계와 작용, 그 전이(轉移)의 과정에 주목하기 때문이다. 한차례 생겨난 이후, 물론 이 접점들도 기지(旣知)의 범주에 안주하여 곧 "클리셰"가 되어 버린다. 바로 직전, 시인은 "또 하나의 가능성에 기대하면서", "다시 무한히 어긋나기 시작"하는 순간에 눈길을 준다. 오로지 '과정'으로만 존재하는 전이의 순간들로 일상이 재편되기 시작한다. 점과 점의 전이가 시인에게 "가능성에 도달하기 위해 통과해야 할/ 수많은 물방울의 뺨"과 같이 그려지는 이유가 여기에 있다. 일상은 사실, 점과 점이 접점을 이루고, 이 접점이 새로운 접점과 충돌하며 그려 나가는 주관성의 운동이며, 그는 이 운동 속에서 제 시의 씨앗을 보고, 이 씨앗을 깨트리면서, 시적 순간의 도래 가능성을 타진해 나갈 뿐이다.

당신은 한순간 공중에 붙들려 있다

시작이 잘못된 웃음은 그냥 찢어 버리는 게 나아요 그렇게 말해 주고 싶었지만

자루를 어떻게 얼마만큼 벌릴까

언제 다시 묶을까

엄마께 물어보고 싶네

정교한 웃음에는 바늘을 꽂을 수 없어요

얼음 위에서 아직 더 미끄러질 일이 남았는데

기우뚱거리며 어기적거리며

조금 더 머물러요

실패한 도입부를 분질러 땔감으로 써요

돌림노래처럼 앞니를 돌려요

옷깃에 밥풀을 묻히고 안심하며 웃어요

절정은 저기 졸고 있는 사람 위 꺼질 듯한 불빛처럼 깜빡이고

눈이 부시다면 눈을 감아요

가운데 던져 넣을 차고 단단한 동전을 준비해요

반짝이는 눈이 탁자 위에 다 내리고 나면

따뜻하게 입어요

웃음의 이후로 건너가기 전에

　　　　　　　　　　　—「앞니에 묻은 립스틱처럼」

시인에게 일상은 벌써 시를 품고 있는 모종의 조각품과 다르지 않다. '착상'("당신은 한순간 공중에 붙들려 있다")에 붙잡힌다. 새로운 이 '고안'("시작이 잘못된 웃음은 그냥 찢어 버리는 게 나아요")은 비판에서 시작된다. '구성'("자루를 어떻게 얼마만큼 벌릴까/ 언제 다시 묶을까")은 문장이나 낱말에 대한 선택에서 전반적인 배치나 조직과도 관련된다. '각성'("정교한 웃음에는 바늘을 꽂을 수 없어요")의 순간이 찾아온다. '방법적 의심'("기우뚱거리며 어기적거리며/ 조금 더 머물러요")은 필연적이다. '편집'("실패한 도입부를 분질러 땔감으로 써요/ 돌림노래처럼 앞니를 돌려요")과 '퇴고'("옷깃에 밥풀을 묻히고 안심하며 웃어요")를 통한 교정의 시간은 '시적 도래 ─ 순간의 체현'("절정은 저기 졸고 있는 사람 위 꺼질 듯한 불빛처럼 깜빡이고")을 위한 밑거름이다. '완성'("반짝이는 눈이 탁자 위에 다 내리고 나면")되고 나면 다시 '착수'("웃음의 이후로 건너가기")해야 한다. 작품은 일상에서 '시적인 무엇'을 일깨우는 일련의 절차와 과정과 고스란히 포개진다. 김미령에게 시는 구성의 산물, 다시 말해, 일상을 두드리고, 일상을 잇고 덧대면서, 새로운 것을 끊임없이 고안하는 과정이자 평범한 순간들을 독특하게 재편하고 새롭게 무언가를 꺼내는 행위인 것이다. 잊지 말아야 할 것은 착상 ─ 고안 ─ 구성 ─ 각성 ─ 의심 ─ 퇴고 등을 일상에서 일상의 언어로 재구성한 만큼, 그의 삶이 시 창작 과정과 마찬가지로 재구성된다는 점이다. 한 편 더 읽어 보자.

백 개의 의자들이 밤마다 서로 자리를 바꾼다
날이 밝을 때까지 미친 궁리처럼

끝없이 문장의 순서를 뒤바꾸듯이
집을 나섰다가 돌아와서 신을 바꿔 신고 다시 나가듯이
종일 같은 일을 반복하는 것이 그의 종교인 듯이

어디부터 시작하지? 계속 중얼거리며

내 손끝에서 끝없이 벽돌 조각이 태어난다
백색 퍼즐처럼
모두 무의미한 형태
다 맞추면 기억이 깨끗이 지워질 것이다
머릿속에서 해머 소리가 끊이지 않는다

모든 경우의 수를 동원하더라도 정답은 아니지
당신에게 나를 두들겨 넣을 수도 있고 금니처럼 어색하게
반짝거릴 수도 있지만
멈추지 않는 것이 유일한 나의 문법이다
멈추는 순간 나는
파묻혀 죽을 것이다

문득 돌아보면 돌가루 덮인 나의 등 뒤로

흰 얼굴들이 지나간다

방금 틈을 다 메운 완벽한 벽 한 채처럼
　　　　　　　　　——「테트리스가 끝난 벽」

　그는 삶의 경력을 가지고 시의 이력을 쌓아 올리는 일에
전념한다. '멈출 수 없음'을 유일한 문법 삼아 착수하는 이
시적 실천에서 "정답"은 늘 부재할 수밖에 없다. "모두 무의
미한 형태"를 깨트려서 시적인 것을 일상에서 꺼내고자 하
는 이 궁리의 시학은 삶을 특수한 순간과 순간으로 전환해
내는 끝없는 작업에 바쳐지며, 고안의 순간은 삶을 시적 질
서로 재구성하는 사건이 된다. 거꾸로 이야기해도 좋다. 삶
을 재구성하는 언어의 주관적 실현으로 시가 탄생할 기획
을 그는 꿈꾼다. 김미령의 시에서 자주 목격되는 시적 자
의식은 제 안에 품고 있는 시원을 꺼내려는 일상의 시도에
대한 비유적 발화로 표현된다. 일상은 그러니까 돌멩이처럼
단단하며, 시인의 언어는 돌멩이를 조각하는 망치와 정이
다. 생활의 언어를 주조하면서 김미령은 묻고 또 되묻는다.
어떻게 시를 찾아낼 것인가? 과연 이것은 시인가? 시란 대
체 무엇인가? 중요한 것은 이와 같은 물음이 현실의 울타
리를 뛰어넘는 법이 없다는 데도 있다. 삶과 괴리된 언어,
삶을 추상화하는 구문, 그와 같은 문장으로 지어 올린 시
는, 일상을 형이상의 극지로 몰아넣어 얻어 낸 추상의 발현

일 뿐이다. 시는 이런 게 아니다. 일상이라는 이름의 단 하나의 시가 이와 같은 인식 속에서 탄생하며, 그의 삶은 이때 '쓰는 주체'를 고안하고 모색하는 일로 온통 뒤덮인다. 마찬가지로 일상 역시, 쓰는 행위 속에서 모색되는 주관적 순간들의 건축물로 전이된다.

김미령의 시에서 일상은 굴종의 시간 속에서 패배하거나, 예정된 반복 속에서 시르죽는 법이 없다. 시인은 종이 위의 한 점에서 출발하여 불가사리 모양으로 차츰 퍼져 나가는 사유의 물결을 따라가 "인과를 찾을 수 없는 열매들이 곳곳에서 떨어져 있"는 곳에 자주 머물고, "수직으로 솟구치다 이내 조용해지고 각자의 정맥으로 스며"든 순간에 빈번히 붙들리며, "순간의 가능성을 위해 우리의 테이블이 열"(「그곳으로부터」)릴 때까지 그는 기다릴 줄 안다. 그렇게 해서 제 삶의 굴곡들을 가파르게 오가며 생성되는 긴장의 순간으로 시적 발현의 흔적들을 발견한다.

손바닥을 내민다 오른쪽 어깨 높이만큼
이 위에 무엇을 올릴 수 있나
뭔가 말랑말랑한 것
혹은 둥글둥글 굴러가는 것

최후의 쟁반처럼 균형을 유지하면서 넘어지지 않으려고 애를 써야지

그 동작은 위엄이 없어라고 말한다면 왼발을 들고 달리고
그 동작은 상투적이야라고 말한다면
오른발을 들고 달려야지 꽥꽥거릴 필요는 없다고 생각하지만

난 이런 걸 구했어요 이것입니다 우리에게 가장 중요한 건
이 손에 다 담겨요
이렇게 의기양양 달릴 것이다 손바닥을 펴 들고 상체는 쏟
아질 듯 앞으로 내밀면서

바로 이것입니다 어쩌다가 이것이에요 결국
이것이랍니다!

──「스푼 레이스」에서

"균형을 유지하면서 넘어지지 않으려고" 애를 쓰며, "의
기양양"하게 달리는 저 '질주'는 무엇인가? "상체는 쏟아질
듯 앞으로 내밀면서", "그 동작"이 "위엄"을 잃으면 "왼발을
들고 달리고", "상투적이야라고 말한다면" "오른발을 들고"
달려, 결국 무언가를 '구하고 마는' 아슬아슬한 질주를 통
해서만 시인은 "이것"이라고 여겨진 모든 것들, "어쩌다가
이것"인 무엇, "결국" "이것"이라고밖에 표현할 수 없는 무
언가를 발견할 수 있다고 믿으며, 그렇게 해서 "가장 중요
한"것을 담아낼 가능성을 찾아 나선다. 바로 "이것"인 무
엇, 결국 "이것"인 무엇, 특수한 "이것"이라 할 무엇은, 나보

다 항시, 한 걸음 앞지른다. 내 앞에서 보란 듯 자주 미끄러지고 다른 곳으로 잘도 빠져나간다. "서로 다른 방향으로 돌아앉아 밥을 먹고 있는" "이것"은 차라리 항상 다독이고 또 끌고 가며 발견하게 될 무엇, 미래로 함께 데려갈 무엇이다. 숟가락에 무언가를 담아 흘리지 않고 앞으로 내달려야 하는 마음은 삶에서 시를 궁리하는 마음이다.

우리는 서로를 모른다

끝없이 앞으로 나온다 제 순서가 되면
더듬거리던 문장이 채 끝나기도 전에 다시 뒤로 가 버린다
같은 동작을 반복해도
언제나 모르는 표정이다

──「중첩」에서

그 말은 입에서 맴돌다가 모자를 쓴다
이제야 생각난 듯 문어체의 표정으로 너는 겨우
입을 움직이지

"다시 집에 가서 다른 문장을 데려올 테니 잠깐만 기다려
주시기 바랍니다"

어딘가 피가 돌지 않는 말을 물밑으로 늘어뜨리고 기다린다

아무리 천천히 놀고 있어도

데리러 간 아이는 오지 않는다

—「과도기」에서

그렇다. 삶이 그러한 것처럼, 문장도 항시 미끄러진다. 입에서 맴돌던 입의 '구어'는 시가 되기 위해 '모자'를 써야한다. 입말은 문어체의 표정을 지향하지만 그것은 다시 입의 움직임을 저버리지 않을 때에야 비로소 시가 될 수 있다. "피가 돌지 않는 말"은 '피가 도는 말'이 될 때까지 기다려야 한다. 그제야 말의 리듬을 획득한다. 구어와 문어사이의 긴장이 과도기처럼 삶에서 펼쳐진다. 삶이 자주 실망스러운 것처럼, 애써 문장을 덧대어 봐도 시는 좀처럼 실현되지 않는다. 아직 오지 않은 것, 도래하지 않은 것을 붙잡고 새로운 문장을 고안하며 글을 쓰는 매 순간은, "다시집에 가서 다른 문장을 데려"와야만 하는 순간이다. "더듬거리던 문장"이 "채 끝나기도 전에 다시 뒤로 가 버린" 상태에서 다시 시작해야 한다. 고안의 힘겨운 과정에 대해, 발화 직전이나 발화 이후의, 그러니까 근접 과거와 근접 미래의 사건처럼 미끄러지고 당도하고 미끄러지고 당도하기를 무수히 반복해야 할지도 모른다. "피가 돌지 않는 말"이 다시 발화의 순간에 오를 때까지 한껏 기다려야 할지도 모른다. 널리 인정받아 온 시적 표현들과 상투성에 갇힌 감정들이 시의 운명을 결정하는 것은 아니다. "누구도 그것을 기록하지 않기로 한 결정"(「과도기」)조차 고려해야 할지도 모른다. 그러나 어떤 상태에서도, 문(文)을 세차게 두드려야 한다는 사실은 자명하다. 일상의 문(門)이든, 백지 위의 문(文)이든!

3. 관점

김미령의 시는 '과도기' 상태와 같은 생성과 전이, 과정과 관계에 대한 탐구를 통해 의미의 새로운 층위를 찾아내고, 특수한 감정의 공간을 열어젖혀, 독특한 장면들을 하나씩 만들어 나간다. 중요한 것은 이 시인이 대상 — 사물 — 세계의 의미가 바라보는 관점에 의해 결정된다고 사고한다는 것이다.

이별의 간격이 넓어지고 있다
다리가 길어지고 보폭이 느려진다
간격 하나를 뚝 떼어 내 목검 놀이를 하고 싶다
이 빠진 간격 사이에 머리를 내밀어 흔들흔들 숫자 놀이를 하고 싶다
홀수로 하나씩 건너뛰거나
열씩 스물씩
건너뛰며

팔분음표들이 쌓여 있다

점차적으로 늘어난 사분음표들이 그 위에 쌓여 있다

기다림이 쌓이는 동안

나의 우울과 나의 강박과 나의 실패를

간격 사이에 하나씩 끼워 넣는다

흘러넘치는 간격들을 내버려 둔다

──「간격 놀이」에서

사과를 돌려 깎아요

다 깎을 때까지 얼굴이 보이지 않아요

흰 벽을 따라 다 돌 때까지

흩어진 이목구비가 제자리를 찾을 때까지

나는 전방으로 달리고 있나요

뒷걸음질 치고 있나요

나와 같은 속도로 내 주위를 도는 행성처럼

계속 나를 비추고 있던 건

누구의 스포트라이트입니까

──「회전체」에서

언제 우리는 충돌하지?

이마에 돋은 핏방울로 그림을 그리고 그 인상을 벽에 걸어 둘 수 있을까?

작은 마디들을 기억해 두지 않는다면
유사한 장소에서 유사한 몸짓을 알아채지 못한다면
그들의 미소 때문에 가려진 부분을
접고 접어서 작아진 얼굴을

너는 아무렇게나 꽂아 두고 가끔 컵 받침으로나 쓰고 있지

내가 감행했던 대각선이 먼 훗날 반대의 대각선과 짝을 이
루고
결국 구체적인 형태로 우리는 만날 것인가
미리 계산한 듯 헤어졌던 것인가
계단의 개수를 끝없이 헤아렸지만 이 너머에 또 다른 계단
들이 이어져 있는 것인가

발 옆에
세 개의 돌멩이가 모여 있는 구조

──「프렉탈」에서

빨래를 널었다. "골목과 의자와 담과 담쟁이넝쿨"의 모
습이 물방울에 오롯이 담긴다. 물방울은 두 가지 관점에
서 포착된다. 떨어지는 빈도가 차츰 줄어든다. 물방울과 스

웨터의 "이별의 간격이 넓어"진다고 말한다. 물방울이 떨어지니 스웨터에 다리가 달린다. 줄이 희미하게 윤곽을 드러낼 찰나에 시선이 꽂힌다. "다리가 길어지고 보폭이 느려진다"고 적는다. 슬로비디오를 보는 것처럼 시간에 주관의 옷을 입힌다. 그러다 정지시킨다. "간격 하나를 뚝 떼어 내 목검 놀이"를 한다. 동작의 물성(物性)이 시에 부재하는 시간을 만들어 낸다. 환각이나 환상에 의지한 비유가 아니다. 매우 사실적인 관찰을 섬세하게 묘사한 결과일 뿐이다. 물방울의 수를 세어 본다. 하나 둘 셋 넷…… 분절의 차원이다. 물방울 하나하나에 새로운 시간의 질서를 부여하기로 한다. 홀수와 짝수로 나누어 세어 본다. 바닥에 부딪혀 툭하고 퍼진 모양새가 음표를 닮았다. "팔분음표들"이 바닥에 쌓여 있다. 시간이 점점 늘어난다. "사분음표들이 그 위에 쌓인다." 물방울이 떨어지는 "간격 사이"에 골몰하며 그곳에 토해 낸 "나의 우울과 나의 강박과 나의 실패"는 이처럼 시간의 조절과 사물의 분절에 힘입어, 일상을 새로운 의미의 질서로 구축해 낸다. 사과를 깎는다. 오른손은 과도를, 왼손은 사과를 쥐고 있다. 끝나기 전까지 과육이 제 모습을 전부 드러내는 것은 아니다. 그러려면 "흰 벽을 따라다 돌 때까지" 껍질을 조금씩 벗겨 내야만 할 것이다. 본질과 현상 사이의 역치("흩어진 이목구비가 제자리를 찾을 때까지")가 발생한다. 껍질을 벗겨 내는 순간은 역설적으로 본질을 회복하는 과정이다. 두 손이 수행하는 기능은 모순으로 결합된 두 개의 명제처럼 다루어진다. 과도를 쥐고 있는 오른손이 왼쪽으로 돌아가고("나는 전방으로 달리고 있나요") 애초 사과를 쥔 왼손은 오른쪽으로 돌아간다.("뒷걸음질 치고 있나요") 모순은 늘 하나로 맞물려 있으며, 삶에서 역치를 수행하는 하나의 행동이다. 시점은 단순히 뒤바뀌는 것이 아니라, 대상―화자 사이의 붕괴를 수행한다.

구조적으로 유사하거나 동일한 것들은 실상 현실에서, 자주 다른 형태의 사물로 인식될 수 있다. 그 순간, "언제 우리는 충돌"하는지, 그 여부를 하나하나 따져 보거나, "저는 어디에 끼워져 있는 겁니까?"(「프렉탈」)라고 물음을 던지는 일이 시인에게는 고유한 시적 문법을 고안하여, 일상과 기억, 관계를 새로운 사유의 영역 속으로 끌어들이는 작업과 연관된다. "작은 마디들을 기억해 두지 않는다면" 우리는, 가령 겉보기에 완전히 다르지만 커피 잔과 도넛은 위상동형(位相同形, isomorphism)을 이루고 있다는 사실을 제대로 인식하지 못한다. 이제 당신의 발 옆에 돌멩이 세 개가 모여 있다고 생각해 보라. 다양한 종류의 삼각형, 혹은 직선에 가까운 형태를 그려, 서로 달라 보일 것이다. 그러나 이 세 개의 물체의 구조는 실상 동형이다. 매우 다양한 형태로 존재하는 세상의 계단들도 마찬가지의 원리에 기초한다. 김미령은 현실에서 표상되는 수많은 저 이질적인 것들이 사실 동형으로 이루어졌다는 사실에서, "내가 감행했던 대각선이 먼 훗날 반대의 대각선과 짝"을 이룰 가능성의 알리바이를 찾아낸다. 그렇게 "작은 마디들을 기억"할 이유가 시에서 모색된다.

 김미령은 바로 이러한 방식으로 시라고 우리가 부를 '타자', 그러니까 "너의 감정이 입장"(「파도의 새로운 양상」)하는 순간들을 삶에서 발굴하려 시도하고, 일상에서 그렇다고 느낄 수 있지만, 표현을 잘해 내지 못하는 다양한 층위의 감정을 말의 실천적 영역으로 섬세하게 끌고 온다. 매 순간을 찬찬히 둘러보며 고심하여 이질적인 것을 서로를 덧대고 실현 가능성의 영역으로 끌고 와 특이한 질서 속에서 서로 연결해 내면서, 삶 자체를 특이한 발화, 즉 시적 사건으로 환원해 내고자 시도한다. 그의 손에 들려 있는 어떤 문장이든, 어떤 낱말이든, 삶의 경험과 결합하여, 제 구성의 가치를 획득하는 순간은 이렇게 모종의 '결정'이 행해진 순간이다. 이와 같은 과정을 되풀이하며, 그는 자신의 삶에서 물결치는 숱한 경험들과 제 생의 주위에 널브러져 있는 기억의 파편들을 고유한 말의 질서 하나로 그러모아, 결정적 시적 순간들로 되감아 내고 조직한다. 김미령 시의 힘은 여기에 있다. 사유하게 하는 시, 생활에서 시를, 시에서 생활을, 그 과정에서 독특한 상상력과 특이한 구성으로 삶의 평범한 영토를 고유한 발화의 사건으로 점령해 내는 시, 단 한 번도 자신의 지금 — 여기를 떠나, 시를 추상의 영역으로 훌쩍 이동시키지 않으려는 시는 어떤 방식의 형이상학도 시에서 나래를 펼치지 못하게 단단하게 단속하는 동시에, 시인에게는 빼어난 재능을 발휘하게 할 근본적인 힘으로 자리 잡는다. 이렇게 그는 "목이 쉰 팬터마임"을 삶에서 발견하며 세상의 모든 풍경들, 바로 그 "수면을 핥는 바람의 혀"로 "수많은 기호들을 파생"시키는 시를 선보인다. 항상 "새로 태어난 관점 하나"를 붙잡고 수많은 기획을 일상이라는 재료를 들고서 실현해 내는 시, "인터체인지"와 "스타디움"과 "갯벌레들" "고생대 식물들"을 "주체할 수 없는"(「파도의 새로운 양상」) 시선과 감정, 문장의 독특한 구성으로 되감아 내는 시, "어색했던 풍경들에게/ 다시 백치미를 돌려"(「서 있는 사람」) 주려 시도하는 시로 제 첫 시집을 빚어 내었다. 이것은 허구가 아니다. 그의 시에 사실 픽션은 없다. 그는 차라리 낱말을 깨고 구문을 부수며, 말의 가능성에 최대한의 내기를 걸기 때문이다.

그럴 땐 파를 썰겠습니다
기네스북에 오를 만큼 높이

악의적으로 파를 이용하겠습니다

어떤 혁명가가 어둠 속에서 작은 실패들을 다독이듯이

칼이 아닌 칼의 소리에 심혈을 기울이겠습니다
송송송이 총총총이 될 때까지

파가 손가락이 될 때까지
배경이 주제가 되고
예상치 못한 장면에서 주제가 울려 퍼지도록

작고 푸른 고리들이 튀어 오릅니다
간격에 심취한 사람처럼
어느새 소리보다 먼저 수북해진 침묵이 있습니다

이유를 모르는 길이에 집중합니다
전후 상관없이 밀려드는 대로
파가 아니라 파도라도 좋습니다
점점 굵어지거나 가늘어지지 않도록 속도를 조절하면서

　　　　　　　　　　　　　　　　　──「시위자」에서

　제 글에서 패배하지 않으려면, 그날의 문장을 고안해야
한다. 고유한 숨결을 불어넣는 일이 필요하다. 계속해서 패
배하지 않으려면 여러 개의 문장이 필요하다. 패배를 지워
내려면 이보다 더 많은 문장이 필요할지도 모른다. "혁명가
가 어둠 속에서 작은 실패를 다독이듯" 낱말과 낱말의 접
점을 찾아내고, 이미지와 이미지의 전이를 기획하며, 문장
과 문장의 파격적인 구성을 통해, 삶의 새로운 타자들을
발견하는 일에 그는 몰두한다. 그는 이렇게 "악의적으로 파
를 이용하겠"다고 말한다. 길이에 집중을 하는가 하면, 어

느새 음성의 예기치 않은 힘에 주목한다. 시간을 재편하는가 하면, 공간을 다층적으로 구성한다. 그의 기획은 일상을 깨트리는 일에 가깝다. 그는 말로 일상을, 일상으로 말을 깨트린다. '파'(破)의 실패가 필연적으로 '파'(波)를 산출한다. 이것은 실패의 여진이 아니다. 생성되기 시작한 말과 이미지, 사유의 운동이다. "파가 아니라 파도라도 좋"다고 그는 말한다. 실패의 연속이라는 것일까? "뭔가 열심히 잘랐지만/ 아무것도 잘리지 않았습니다"라고 제 작품을 마무리한 것은 시적 기획이 사실 목적을 달성할 수 없는 시도, 그러니까 지속되는 상태와 과정으로만 존재하며 제 가치를 지니는 일련의 기획이기 때문이다. "금새 초록의 목적이 실현되"고 마는 일은 따라서 김미령에게는 가능하지 않은 일이 된다. 기획은 목적에 종속되지 않는다. "소리보다 먼저 수북해진 침묵"이 도처를 지배하고 만다는 사실, 바로 이 지점에서 다시 착수해야 한다는 사실에 그는 이렇게 방점을 내려놓는다. 고삐가 잡히지 않고 계속 미끄러지듯, 언어가 무한이며, 상상력이 무한인 것처럼, 일상은 무한에서 순간과 순간의 구조물이자, 무한한 사유가 응집되어 있는 가능성의 장소이기 때문이다. "흩어진 종이들의 피로"를 뒤로 하고, 그는 "한 자루의 느낌표"(「통곡의 억양」)를 찍기 위해, 다시 백지를 마주할 것이다.

4. 심연

뛰어난 이미지스트는 통사의 새로운 구축과 구문의 고안을 통해 제 재능을 발휘한다. 영롱한 불구덩이가 하늘에 하나 매달려 있다. 땅에서 살짝 솟아나 표류하는 것과 같은 상태를 담아내려 마음의 빈 곳에서 빛이 새어 나오는 시간을 헤아리는 일은, 정확히 일몰 이후의 거처를 마련하느라 저 허공과 삶의 바닥에서 너부러지는 데 여념이 없는 사람들을 향한다. 이상한 착각은 아니다. 지상 위에 허공이 숭숭 구멍을 내면, 그 사이 죽음의 그림자가 살짝 몸을 내밀기도 했을 것이다. 정확히 일상의 일이다. 그러나 그것을 포착하고 형상을 그려 보는 일은 언어가 한다. 우선 검은 원 두 개를 머릿속에 그려 보자.

　겨울 점퍼 모자 달린 겨울 점퍼 모자에 털 달린 겨울 점퍼 모자에 굶주린 들짐승이 달린 겨울 점퍼 털 테두리 안의 까만 얼굴 암컷 테두리를 감은 까만 얼굴 수컷 테두리를 두르고 암컷 테두리에 둘러싸인 까만 얼굴 테두리가 풍성할수록 까만 얼굴이 잘 메워지고 뿌옇 하늘에 굵은 눈발이 몰아치고 얼굴은 동굴 속으로 깊숙이 들어간다 겨울을 기다렸어요 언제나처럼 커다란 동그라미를 공중에 그렸어요 선천적으로 우리는 견디는 것을 숭배했어요 동그라미들이 모여서 일제히 어디론가 향한다 더 깊은 동굴 안을 향한다 동그라미들이 겹친다 화

재경보기 옆에서 키스를 한다 정류장에 한 줄로 서서 동그라
미를 뻐끔뻐끔 내쉰다 우리들의 이글루 이글루를 무덤처럼 목
위에 달고 얼굴들은 거리에 서서 겨울잠을 자는 얼굴들은
—「오메가들이 운집한 이상한 거리의 겨울」

  하나의 형태에서 착안하였다. 다른 층위의 동형인 형태
를 여기에 포개어 놓았다. 하나의 테제, 그러니까 죽음이나
고립이, 이제 현실의 풍경에 제 숨을 몰아쉬기 시작한다.
"나는 알파와 오메가요 처음과 나중이요 시작과 끝이라"는
성서의 한 구절을 여기서 떠올릴 수도 있다. 그러나 중요한
것은 우선 오메가(Ω)의 형태다. "무덤처럼 목 위에" 오메가
가, 아니 이 문자가 제 형태 그대로 달려 있다. 모자가 달린
"겨울 점퍼"를 입은 두 사람의 "키스"와 또 다른 여럿이 죽
음의 행렬처럼, 끝을 상징하는 오메가처럼, 그러니까, 의미
와 형태의 차원을 동시에 머금고, 늘어서 있다. 바로 이와
같은 방식으로 시인은 그들의 운명으로 침투하는 데 성공
한다. 버스 정류장의 해질 무렵은, 모자의 원형을 '거꾸로
부조하듯' 깊이 도드라지게 하는 작법을 통해 선명한 이미
지로 그려진다. "겨울을 기다렸어요 언제나처럼 커다란 동
그라미를 공중에 그렸어요 선천적으로 우리는 견디는 것
을 숭배했어요"는 누가 한 말인지 경계가 모호한 상태에서
복합적인 감정과 주관이 적재된 시적 장소를 만들어 낸다.
보는 자 — 보이는 자, 화자 — 대상의 이분법이 붕괴되면서,

개인적이고 공동체적인 목소리, "더 깊은 동굴 안으로 향"
하는 미지의 목소리가 버스터미널 범속한 겨울 거리 풍경
에서 시적 순간을 찢고 밖으로 나오기 시작한다. 이미지들
은 논리적 접착력을 잃은 대신, 자아 ― 화자 ― 대상의 함
몰로 생겨난 시적 주체의 자리를 발산한다.

　　돌스프가 우릉우릉 끓는다
　　젤리국자가 쿨렁쿨렁 웃는다

　　젤리가 불가능에 기여하려는 순간에 대해서라면
　　명랑한 사기꾼을 사랑하게 될 수도 있다

　　물체가 되기 직전
　　우리는 어떤 표정을 지어야 하나

　　숨이 차오르는 임계점에 대해 꽃들은 씨앗에 기록을 한다

　　절정 앞에서 멈추는 연습하다가
　　발 위로 많은 발목들이 떠나갔다

　　남겨진 수많은 발들을 감상하기에 좋은 아침
　　　　　　　　　　　　　　　　　　　―「젤리국자와 돌스프」

김미령이 크로키처럼, 일순간을 포착하듯, 첫 느낌을 존중하여 세밀하게 담아낸 시 마디마디에는 일상의 결들이 매달려 있다. 이 시인은 시각 — 청각 — 후각을 복합적으로 활용하여, 일상의 범속한 순간에 찾아든 느낌을 다각도로 살려 내고, 후차적으로 그 감각에 부응하는 이미지를 의미 — 형태의 차원에서 고안하는 데 성공한다. 가령 가로등의 전구를 비유한 "더러워진 압박붕대 위로/ 밀려 올라간 입들/ 밀려 올라간 구토들"(「레깅스」)은 사물의 이미지를 보는 시각보다 이미지에 '생'을 불어넣는 입김이 압권이다. 물화(物化)에서 생화(生化)로의 전이가 일어나는 지점을 고안할 때, 시가 생활을 찢고 몸을 내밀기 시작한다. 이는 보기의 가능성에 대한 열망의 소산이라 할 수 있지만, 이미지와 의미 사이의 공동(空洞) 지대를 만들고 거기에 신체의 부위를 포개어, 결국 이미지에 살아 있는 행위를 접목시킨 결과에 더 가깝다. 이는 "숨이 차오르는 임계점"을 "씨앗에 기록"하듯 백지 위에 남기는 일에 다름 아니다. 이를 통해 "불가능에 기여하려는 순간"에 한껏 기투하는 일, 그것은 마치 일상에서 결코 끓일 수 없는 음식을 끓여 보려 시도하는 일, 담을 수 없는 도구를 쥐고 무언가를 담아 보려 애쓰는 일과도 닮아 있다. 김미령은 절정을 유보해야 하는 순간까지 밀어붙여 독특한 이미지를 고안하고 이 이미지를 일상의 재료를 통해 살게 한다. 이러한 방식으로 그는 일상의 재료들이 내지 않는 소리를 들으려 하고, 일상에 스며

들어 있는 잠재적 실체를 씨실과 날실로 조직된 말의 질서 속에서 담아내려고 한다. 일상과 시, 시와 삶, 언어와 사물의 이분법은 여기서 붕괴되며, 모든 순간들과 공간들, 온갖 재료들이, 시적 질서 속에서 재편되면, 불가능과 가능, 생명과 무생명, 보기와 듣기, 이미지와 의미, 개인과 타자, 일상과 시 사이의 작위적 구분도 어느새 뒤로 물러나고 만다.

5. 비판

시의 애매함은 난해함이 아니다. 시가 태생적으로 지니고 있는 특수성이 바로 애매함이다. 애매함은 낱말이나 통사의 논리적 구조 속에서 가지런히 해명되지 않는 고유한 지점들이 생성되는 장소다. 언표와 발화의 층위라고 해도 좋고, 내부와 외부라고 불러도 좋다. 이 두 가지 층위는 서로 어떻게 다른가?

네가 오고 있어서 거리는 멀고 모든 창문은 빛을 반사시켜 이 안은 어둡다

거기와 여기 사이

(......)

거기와 여기 사이

모두 있다 이마를 짚으며

작고 사소한 문제를 일으키며

지연되지 않아서 지금 죽는 것들

문손잡이가 반짝이고 있다

문손잡이는 없어도 되지만 지금

있다

　　　　　　　　　　　—「다가오는 사람」에서

양말을 신지 않고는 말할 수 없습니다.

미끄러지기 때문입니다

위기의 감촉은 보들보들하고 털이 있고

(……)

그 기억은 테이블 아래 껌처럼 붙어 있었습니다

구겨진 휴지들이 부풀어 오르고 쓰레기통이 비밀의 집이

될 때까지 우리는 본론을 찾지 못했습니다

　　　　　　　　　　　—「양말이 듣는 것」에서

내 말은 이미 굴러갔고 그 공이 흐르는 방향을 우리는 함

께 지켜본다 고쳐 말하지 않고 그냥 놔두면 무엇을 쓰러뜨리
는지 너의 상상이 툭툭 불거진다

──「공이 흐르는 방향」에서

'문손잡이는 없어도 된다'는 것일까? 문손잡이는 없어
도 괜찮지만, 지금 여기에 '있다'라는 말일까? 김미령은 시
를 쓰는 순간의 마음, 더러 애매하지만, 매우 결정적이기도
한 순간의 심정, 시가 도래하기를 바라는 마음을 표현하려
시도한다. "네가 오고 있어서 거리는 멀고, 모든 창문은 빛
을 반사시켜 이 안은 어둡다"고 묘사한 저 추상의 방, 그러
나 가만 따져 보면, 당연히 문손잡이가 있을 법한 방문을
열기 위해 문손잡이를 돌릴 것인가. 확신하지 못하는 대신,
바람이 더 간절하다고 시인은 고백한다. "애매한 곳을 긁기
좋은 모서리를 찾는다"(「우스꽝스러운 뒷모습」)와 같은 문장
역시 애매함을 그 안에 감추고 있다. '시적 진실'을 찾아내
정답처럼 제시하는 것이 매우 우스꽝스럽다는 사실을 비유
한 이 작품에서도 시의 태생적 애매성과 그 가치는 통사의
차원에서 실현된다. 우리는 위의 문장이 '애매한 곳'과 '긁
기 좋은 모서리'를 '동시에 찾는다', 라고 읽어야 할지, '애
매한 곳을 긁어 주기에 적절한 모서리'라고 읽어야 할지 결
정할 수 없다. 통사의 구성으로 벌써 애매함의 의미를 실
현하는 동시에, 시가 무언가 진리를 주장할 때의 아이러니
를 폭로하고 비판적 실천을 감행한다는 사실을 알게 된다.

시인은 항상 두 가지 목소리를 들으려고 시도한다. 이처럼 "양말을 신지 않고는 말할 수 없"다고 말하는 시인의 전언은 일상에서 서로 연결되기 어려운 동시다발적 기억들, 다시 말해 최소한 두 개의 발화로 울려 나오는 삶의 입체적인 단면들을 단 하나의 시적 목소리로 담아낼 가능성을 시인이 타진하고 있다는 사실을 알려 준다. 김미령은 이처럼 "고쳐 말하지 않고 그냥 놔두면 무엇을 쓰러뜨리는지" 지켜보며 상상력에 의탁해, 예측 불가능한 삶의 잠재적 지형도를 그려 보는 일에 매달리며 이러한 자신의 작업을 "작은 망치 하나 들고 세상의 무릎을 두드리고 다니는 지질학자"(「손이 떠 있는 높이」)의 일과도 같다고 말한다. "의심이 자라"나는 소리에 귀를 기울이고 "너의 눈을 더 잘 들을 수 있"도록 저 "재난 같은 허기"(「식물 일기」)의 시간들을 기록하는 것은 비판적 실천이다.

그가 박수를 치자 내 생각이 급선회했다 내 생각은 달리고 있었다 자신의 박수 소리가 근사한지 그는 다시 박수를 쳤다 박수가 박수를 모방하고 박수가 박수를 격려했다 그는 틈을 두고 치다가 삼삼칠로도 쳤다 그의 손바닥에서 나는 짓이겨 졌다 박수를 치다가 그는 벌떡 일어났다 나는 바닥에 툭 떨어졌다 리듬에 맞춰 생각할 수도 있겠지 손바닥에서 침 튀기듯 멀리 날아갈 수도 있겠지 나는 그의 박수를 응원하고 싶어졌다 박수의 안에서 밖으로 나가고 싶어졌다 손들이 박수를 호

위하며 소리의 둘레를 북돋운다 발화가 시작되려는 지점에서
나는 기다린다 어떤 도약은 예기치 않은 곳에서 예기치 않은
방향으로 진행한다 그의 박수는 실패할 수도 있다 박수에 의
해 박수가 궁지에 몰릴 수도 있다 손가락을 최대한 모으고 함
성을 더해 무엇이 무엇을 토끼몰이 하다가 나동그라지는지 보
기로 한다 박수의 뒤에서 박수를 기다리며 볼륨을 조절하며
신중하게 또는 발랄하게 나는 박수를 친다

──「박수의 진화」

시인은 규칙이 뻔한, 진부한 '박자'에 의지해 시를 궁굴
리지 않는다. 단순히 반복에 의지하는 리듬은 시를 퇴화
시킨다. '박수'는 이렇게 규칙적이고 뻔한 시의 문법을 가
리키는 것이기도 하지만, 또한 서로 모방하고 부추기고 짓
이기고 호위하고 북돋우면서 통속의 논리를 구축해 가
는 문단의 생리를 비판하는 것이기도 하다. 모두가 '토끼몰
이'를 하듯 이런 유행, 저런 유행, 이런 스타 저런 스타들
을 좇으며 몰려다니는 행태 역시 이렇게 비판의 반열에 오
른다. 시인은 시에서 통용되어 왔던, 그러니까 어느 시기에
는 시의 정수나 미덕으로조차 간주되었던 저 통념을 부수
어 진부한 "박수의 안에서 밖으로 나가고 싶어졌다"고 말
한다. "소리의 둘레"를 뚫고 밖으로 나아가려는 이 행위, 그
러니까 새로운 "발화가 시작되려는 지점"에서 다시 기다리
는 행위는 비판에서 착수될 수밖에 없다. 무엇을 기다리는

가? "어떤 도약", "예기치 않은 곳에서 예기치 않은 방향으로 진행"될 미지의 말들이 생성될 때까지, 일상의 소품들과 재료들을 재구성하면서, 일상을 찢고, 일상을 보듬어 고유한 질서를 이룰 때까지, 그는 "박수의 뒤에서 박수를 기다리며 볼륨을 조절하며" 시적 기획을, 일상에서의 미지로의 투신을 꿈꾼다. 하여, 모든 것이 사실 비판의 대상이 된다. 고루한 도식에 빠진 이야기들, 진부하고 지루한 문장의 구성, 지나치게 고르게 전개된 글, 아름다움을 고지하고자 서둘러 주워 담은 추상적 낱말들, "가지런히 엎드린 손"으로 쓰는 "대부분의 결론"들, "방부제 냄새"가 폴폴 풍겨 나는, "경색된 쉼표들이 서서히 마침표가 되어 가"(「환기 「헛기침과 말더듬과 부적절한 소음들」)는 글에게 대고 "넌 왜 이렇게 가니?"라고 시인은 비판적인 물음을 던진다. 차라리 시인에게는 "의도가 제거된 비둘기/ 의도가 제거된 캔 커피/ 의도가 제거된 하수관 공사"에서 제 글을 착안하는 작업, 그렇게 "자신의 쓸모를 사용하지 않는 기술", 그래서 차라리 새로운 발화로 "종착지를 계속해서 미끄러지게 하는 이유"를 끊임없이 글에서 캐묻는 작업이 훨씬 더 가치 있는 일인 것이다. 김미령은 바로 이러한 방식으로 "어제의 조화로운 농담과 영원히 결별"하려 시도하고, "싸울 게 아무것도 남아 있지 않다는 듯", "가장 무심한 동작 하나"(「밀리터리 룩」)에서 착안하여, 진부함과 낡음, 전통의 고루함과 싸움을 개진한다. 김미령은 시가 비판적 발화이자 사유이며,

부정성의 정신에 토대를 두고 저 미지의 시간을 향해 투척하는 비판적인 통사의 실천이라고 말한다.

나는 아니라고 해도 그가 나는 아니라고 한다 나는 아닌 것이 아니라고 해도 아닌 것이 아닌 것이 아니라고 한다 이쯤 되면 아닌 것이 아니지 않느냐고 묻지 않아야 나는 아닌 것을 지킬 수 있다 이제 아닌 것이 아니리 아니리 말하지 않는다

나는 나를 위증한다

진창에 빠진 공은 진창의 것
구하지 않는 눈빛은 눈빛의 것

미치지 않는 장소에 손이 있다
손이
얼고 있다

미처 미치지 않은 명랑한 발들이 공을 가지고 논다
상상하지 못한 곳에서
당도하지 못한 의지를 차며 논다

어느 날
아닌 것과 아닌 것들이

모여 논다

——「공이 흐르는 방향」에서

　　시는 근본적으로 비판이다. 시는 "급히 몰아넣은 활자들"(「부조리극」)에 대한 비판이며, "문장의 안도감"(「9를 극복하고」)에 대한 비판이자, 문장과 문장이 결합되는 방식에 대한 근본적인 비판이다. 기법과 도식, 규칙과 클리셰, 낡은 비유에 대한 비판이자, 시임을 가장해 온 모든 시도들에 대해 "멈추지 않는 것"을 단 하나의 "문법"(「테트리스가 끝난 벽」)으로 삼아, 착수하고 개진하는 비판이다. 시는 추상에 대한 비판이며, 아닌 것을 아니라고 말하지 않는 행위에 대한 비판이다. 아니라고 말하는 행위와 아님을 가장하는 것 사이, "유니폼"을 입고 "어색한 몸짓과 낭패감이 번진 표정"을 지으며 "성실한 세계의 일원"(「흉내 내기」)이고자 하는 모방과 "땀에 젖은 리듬들" 저 "알 수 없는 음악"(「무용」)의 고안 사이에서 벌어지는 치열한 싸움이다. 시는 "단결한 구름 덩이들"처럼 "유사한 형태"의 "죽은 용어들"의 저 "익숙한 패턴"(「용어들」) 앞에서 굴복을 하는 것이 아니라, 부정의 연쇄를 만들어내는 말의 겹침에서 뿜어 나오는 아이러니와 모호함에 과감히 입사하여, 지금 — 여기의 '아닌 곳'과 '아닌 것'의 저 끝에 도달하려는 의지이기에, 결국 비판인 것이다.

6. 미완

　김미령은 부정의 변증법적 테제를 완성하는 일보다, 테제에 대한 '반(反)'의 고리를 고안하는 미지의 일에 몰두하는 것으로 보인다. '합'이란 김미령에게 단지 도래할지 모를 미지의 무엇으로만 남겨질 뿐이며, 바로 여기서 시적 도래의 꿈도 함께 피어오른다. 다가오거나 다가갈 무엇, 방금 빠져나갔거나 한 발 멀리 내딛고 있는 것들을 현실에서 촉발시키려는 순간 발생하는 미끄러짐의 세계로 현실을, 삶을, 일상을 비끄러매고, 주관성의 깃발을 꽂으려는 행위로 그는 제 첫 시집의 기획을 진지하게 실현하며, 너의 경향이 나의 경향이 될 수 없는 이유를 끊임없이 따져 묻는다. "꿈꾸던 그곳으로 모든 실패가 시작되던 처음의 그곳으로" 향하는, 미완의 기대 속에서 자주 주관성을 꽂피우려 시도하는 그의 시에는, "손에 쥔 곤봉을 높이 던져 모두 떨어뜨리는 미친 광대의 저글링"(「노랑의 윤리」)에 맞서, 아직 완수되지 않을, 어쩌면 완수될 수 없을 사건 자체로 이 시대의 비극을 사유하려는 힘겨운 노력이 자리한다. 미완의 일상에 대한 끊임없는 사유는 김미령에게 있어 일상에서 발견해나가는 예술에 관한 사유로 불거져 나온다.

　　공이 바닥에 균일하게 머릴 찧을 때 우리의 취미는 제법 근
　사해 보입니다

동작이 의태어를 따라하고

소리가 의성어를 따라합니다

공중에 땀 냄새를 좀 칠하고 퍽퍽 쓰러지는 효과음도 바른

다면 기분이 실제를 능가할 것입니다

반사해 보면 프로처럼 보입니다

부분만 확대해 보면 예술적으로 보입니다

유니폼을 입으세요

어색한 몸짓과 낭패감이 번진 표정으로 당신은 성실한 세

계의 일원이 될 수 있습니다

새로 산 립스틱이 주황색을 흉내 냅니다

찻잔이 찻잔의 예의를 흉내 냅니다

오늘 나는 원피스 입는 흉내를 내었습니다

꽃을 간섭하기로 하자 꽃이 한없이 커져서 코는 구석에 숨

었습니다

오늘의 먼지가 어제의 먼지를 모방합니다

오늘의 건물이 어제의 건물 위로 애드벌룬을 띄웠습니다

엉킨 차들이 교통사고 씬을 완벽히 연출하였습니다

하늘이 온통 어둡습니다

파도타기하듯 흉내들이 밀려가고 있습니다

도로를 두 팔로 감독하는 비에 젖은 신호수에게 도시를 통
째 맡기고 싶습니다

　　　　　　　　　　　　　　　　　　―「흉내 내기」

　이 작품은 시뮬라크르와 모방 전반을 통째로 빠트려, 새
로이 기획하고 싶다는, 일종의 예술론으로 읽을 수 있다.
이 예술론은 기존의 언어를 "균일하게" 따라하는 "취미"에
반격을 꾀하면서 완성을 넘본다. '기분'이 '실제'를 능가하
는 것이 바로 모방이다. 기계적으로 "실제"를 "반사해 보면
프로처럼" 보인다는 사실과 전체를 놓치고 "부분만 확대해
보면 예술적으로" 모든 것이 재현된다는 사실에 시인은 경
각심을 갖는다. "유니폼"을 입고 "어색한 몸짓과 낭패감이
번진 표정으로 당신은 성실한 세계의 일원이 될 수 있"다
는 사실에 전념하는 모방론이나 시뮬라크르의 세계를 어떻
게 벗어날 수 있을까? 이 세계를, 이 도시를, 나의 일상을
"신호수에게" "통째 맡기"는 수밖에 없다는 것일까?

　탑 위의 작은 방에는 끝없이 놀이를 생각해야 하는 사람이
있습니다
　벽에는 반복적으로 초조하게 긁거나 긴 수평선이 그어지다
아래로 툭 떨어진 자국이 있고

땀에 젖은 리듬들이 곳곳에 쌓여 있습니다
그것은 알 수 없는 음악입니다

멍멍 짖어도
높은 곳에 올라가 슬랩스틱을 해도
충분하지 않아요

웃어야 한다면 얼굴에 경련이 일 때까지

무엇을 하던 도중에 나가 버렸는지
당신이 잊어버려도
고정된 포즈를 유지하는 가구들처럼
계속 기다릴 수 있어요

다리 하나를 들고

——「무용」에서

　일상에서 미완의 순간은 아슬아슬한 예술의 순간과 맞
닿아 있다. 순결한 정신, 순결한 연습을 통해 따라야 하는
"맹목"의 이유를 캐묻고, 동작 하나하나의 과정을 차분히
따라가 과정 각각에 제 감정을 입혀 본다. 김미령이 예술
의 시원을 바라보는 방식은 오로지 시원에 도달할 수 있는
저 가능성의 불가능성, 불가능성의 가능성을, 고정된 시선

으로 "얼굴에 경련이 일 때까지" 다리 하나를 들고 서 있는 드가의 그림과 같은 순간들처럼, 집요하게 바라보는 것밖에 없다. 다리 하나로 시연을 해야 하는 어려움을 김미령은 이렇게 비유로 풀어낸다. 이 과정에 천착하는 시는 "계단을 둘둘 감으며 방을 밀어 올리"기 위한, 일상에서 시도되는 끊임없는 연습일 수 있는 것이다.

김미령의 첫 시집은 다채로운 시도로 가득하다. '시도'란, 무언가를 완수하고 매듭 짓는 저 사건의 결구를 상정하지 않는다는 것을 의미한다. "그것은 어김없이 시작되고 있었습니다"(「9를 극복하고」)라는 말을 기억해야 한다. 그의 시는 일상에서 타진하는 진지한 시적 기획으로 가득하지만, 시가 미완일 수밖에 없다는 사실을 환기하며, 예술의 정신을 사유하는 데도 전념을 다한다. 그러니까 그의 시는 우리에게 기획(企劃)이나 계획(計劃)이 시적 모티프가 될 수 있다는 사실을 독창적인 방식으로 알려 주었을 뿐만 아니라, 일상의 순간과 순간의 새로운 질서를 사유하는 일이 그 자체로 매우 중요한 시적 실천으로 전이되어 나타날 수 있다는 사실도 보여 주었다. 김미령의 시는 삶을 추상적인 고통의 산물로 상정하여 극화하는 길을 택하지 않는다. 그 대신, 그는 과감히 일상을 찢는다. 새로운 눈으로 보고 골몰한다. 이때 솟아나는 순간과 순간의 경이와 신비, 참혹과 공포를 그는 보이는 그대로, 정확히 움켜쥘 줄 아는 섬세한 언어를 고안하고자 하였다. 그의 시적 기획은 제 의미를 쉽사리 확정지을 수 없는 기이한 순간들의 현재성을 실현하는 일에 헌정된다. 다양한 관점을 고안하고, 특이한 화자의 입술을 놀려, 일상을 결국 새로운 질서로 재구성한다. 일상의 입구에 서서, 그는 평범한 온갖 재료들을 시적 고안의 대상으로 환원하였으며, 훼손된 불모의 기억과 미처 형태를 부여받지 못한 감정을 묵묵히 기록하면서, 예기치 못한 입체적 시간을 발명하고, 사물의 잠재성을 일깨운다. 그가 첫 시집에서 펼쳐 낸 저 특수한 공간들은 따라서, 아직 발견하지 못했던, 미처 인식되지 못했던, 영토를 발굴한 결과라고 해야 한다. 그의 시는 자주 다발적 발화가 피어나는 순간에 도달하여, 납처럼 무거운 일상의 고독을 시적 사건으로, 평면적인 삶을 지금-여기의 특수한 사태로 담아내려는 진지한 열망의 소산이다. 미지의 목소리를 받아 낸 자가 울리는 메아리의 운명과도 같은 그의 시는 차츰 닳아 없어지는 우리의 삶의 내부에서 뿜어내는 진지한 숨결과 기묘한 자락을 한껏 비끄러매면서, 우리를 새로운 세계로 안내할 것이다.

지은이　　　김미령

1975년 부산에서 태어났다.
2005년 《서울신문》 신춘문예로 등단했다.

파도의 새로운 양상

1판 1쇄 펴냄 2017년 2월 17일
1판 3쇄 펴냄 2021년 4월 30일

지은이 김미령
발행인 박근섭, 박상준
펴낸곳 (주)민음사

출판등록 1966. 5. 19. (제16-490호)
서울특별시 강남구 도산대로1길 62(신사동)
강남출판문화센터 5층 (06027)
대표전화 02-515-2000 / 팩시밀리 02-515-2007
www.minumsa.com

ⓒ 김미령, 2017. Printed in Seoul, Korea

ISBN 978-89-374-0851-9 04810
　　　978-89-374-0802-1 (세트)

• 잘못 만들어진 책은 구입처에서 교환해 드립니다.

민음의 시
목록